모두가 잠든 새벽,
넌 무슨 생각 하니?

일러두기

＊ 이 책은 매일 새벽 2시에서 4시까지 SBS 러브FM(103.5MHz)〈이현경의 뮤직토피아〉에
보내주신 청취자분들의 사연과 디제이의 목소리를 토대로 구성하였습니다.
＊ 이 책에 포함된 사연은 해당 청취자의 허락을 받아 재구성한 것입니다.

모두가 잠든 새벽, 넌 무슨 생각 하니?

—

2020년 9월 15일 1판 1쇄 인쇄
2020년 9월 28일 1판 1쇄 발행

—

글 이현경
그림 선미화
펴낸이 이상훈
펴낸곳 책밥
주소 03986 서울시 마포구 동교로23길 116 3층
전화 번호 070-7882-2311
팩스 번호 02-335-6702
홈페이지 www.bookisbab.co.kr
등록 2007.1.31. 제313-2007-126호

—

기획·진행 권경자
디자인 디자인허브

—

ISBN 979-11-90641-19-7 (03810)
정가 14,800원

—

책밥은 (주)오렌지페이퍼의 출판 브랜드입니다.

이 도서의 국립중앙도서관 출판예정도서목록(CIP)은 서지정보유통지원시스템 홈페이지
(http://seoji.nl.go.kr)와 국가자료종합목록시스템(http://www.nl.go.kr/kolisnet)에서
이용하실 수 있습니다. (CIP제어번호 : CIP2020034753)

모두가 잠든 새벽,
넌 무슨 생각 하니?

잠들지 못하는

당신에게 전하는 마음

글 이현경 · 그림 선미화

책밥

작지만
소중한 마음들이 모여서

같은 듯 다른, 다른 듯 같은
마음들이 모였어요.

새벽 두 시부터 네 시까지
우리들이 함께 나눈 이야기가 여기 있어요.

〈뮤직토피아〉가 있어서, 음악이 있어서
혼자여도 외롭지 않고
혼자여도 쓸쓸하지 않고
혼자여도 혼자가 아니라는
마음들이 고마웠어요.

덕분이라며 감사하는 마음들 때문에
오늘도 설레며 집을 나서요.

여러분의 놓치고 싶지 않은 이야기들이
공중으로 날아가고 흩어지는 게 아까워
조금 더 은근하게
조금 더 오래 머물기를 바라는 마음으로
흔적을 남겼어요.

어느새 살며시 다가와 귓가를 속삭이고
심장 한 켠을 아릿하게도 하는 이야기들을
글로 붙잡았어요.

작지만 소중한 새벽 마음들을
차곡차곡 담아낸 출판사 에디터와
자신의 서툰 위로가 누군가에게 닿기를 바라며
무수히 많은 별들을 붓칠한 그림 작가와 함께 엮었어요.

같은 듯 다른, 다른 듯 같은
든든하고 따뜻한 마음들이 '함께'여서 참 다행이에요.

차례

지금 이대로도 좋은 행복을 찾아

나에게 익어가는 시간을 기꺼이 내어주기

오늘 너의 하루를 응원할게!

〈뮤직토피아〉 클로징
디제이의 목소리에 도움을 준 책들

그 새벽
우리가 함께 나눈 이야기

마법 같은 시간,
새벽 두 시

두 시부터 네 시까지가 마의 시간대라고 해요.
일의 능률이 오르지 않고 집중도가 떨어져
일을 하면 안 되는 시간.
일을 하더라도 실수가 잦아져
사고도 많이 나는 블랙홀 시간대라고요.

그래도 어쩔 수 없이 이 시간에
일을 시작하거나, 지속하거나
마무리하셔야 하는 분들이 많거든요.
이럴 때는 음악이 많은 도움을 주죠.

옆에서 벗도 되고
잠 깨라고 잠깨미 역할도 하고
안녕히 주무시라고 자장가도 들려주니 말이에요.

미처 끝내지 못한 하루와
일찍 시작하는 오늘이 교묘히 겹쳐지는 시간.
시계를 거꾸로 돌려 주섬주섬 추억을 꺼내 보는 시간.
왜 사람의 마음은 마음처럼 안 되는지 모르겠지만
그럼에도 사랑을 믿어보는 시간.

'함께'라는 말이 이토록
따뜻하고 소중하고 편안하고 든든한 말이었나
새삼스러워지는 시간.

옛 노래 흘러나오니 옛 생각이 절로 나는 시간.
음악을 들으면서도 음악이 고픈 시간.

가족들을 재우고 오롯이 나에게 집중하는 시간.
방 청소, 달밤에 체조, 시험 공부, 정리 정돈…
뭐든지 함께하면서 들어도 좋은 시간.

이별, 사랑 그리고
이제는 볼 수 없는 사람들에 대한 추억과 단상이
스멀스멀 피어오르는 시간.

내 마음 구석에 숨어 있던 여리고 약한 아이가

조심조심 속삭이는 소리가 들리는 시간.
그래서 더 마법 같고 기적 같은 시간.

새벽 두 시부터 네 시.
진작 알았으면 우리 더 일찍 만났을 텐데
이제야 알게 되어 아쉽지만
이제라도 알아서 다행이에요.

여기는 〈이현경의 뮤직토피아〉.

도란도란
이야기 소리

안녕하세요.

잠자다가 현경 언니 목소리 듣고 일어났어요.

언니 목소리 들으면서 다시 잠을 청해봅니다.

♪ 최*순 님

누군가 도란도란 두런두런

나에게 이야기하는 것 같아서

슬쩍 눈을 떠보았더니 제 목소리였군요.

저희 집에 구피 다섯 마리가 있거든요.

제 동료가 사무실에 어항 두 개를 두고 있었어요.

어항 전용 칫솔까지 두고 어찌나 관리를 꼼꼼하게 잘하는지.

왔다 갔다 하면서 지켜보다가 하나 달라고 했죠.

보답으로 큰 케이크 하나 전해줬고요.

그런데 이게 생각보다 시끄럽더라고요.
산소 발생기에서 나는 졸졸졸 물 흐르는 소리가
새벽 내내 어슴푸레 들리는 거예요.

'이상하다. 화장실 레버가 고장 났나?
내가 내려야겠다' 싶어 억지로 눈을 떠보니
어항에서 산소 발생기가 물을 떨어뜨리면서 내는
낙수 소리였어요.

낮에는 소리가 나는 줄도 몰랐는데
약간은 어이없고 새삼스럽더라고요.

새벽에는 시계 초침, 분침 소리도 굉장히 크게 들리잖아요.
설마 그렇게 제 목소리가 들린 건 아니었길 바라며.

낮에는 듣지 못했던 일상의 소리를 발견하게 되는 시간
지금은 새벽 두 시.

감수성의 불씨를
틔우는 시간

20대 중반 겨울에

별의 〈12월 32일〉을 계속 들었던 기억이 나네요.

그때는 감수성도 풍부했는데…

지금은 세월과 함께 나이 들고 애들 키우며 사느라

그때 그 감정이 생기지 않네요.

☽ 정*정 님

우리 가슴속에는 여전히 감수성이 남아있답니다.

감수성의 불씨가 살아있는데 생활에 쫓기다 보니

불씨를 키울만한 시간과 마음의 여유가 없을 뿐이지

그 불씨는 꺼지지 않고 계속 살아있어요.

버티고, 버티고 있을 겁니다.

언젠가 훅! 하고 일어날,
캠프파이어 할 날을 기다리면서요.

새벽은 감수성에 불을 붙이기 쉬운 시간이거든요.

커피타임
15분

야식 먹고 다시 근무하는데

노곤하니 졸음이 쏟아져서

당직실에 와 잠깐 누웠습니다.

아주 잠깐이라도 힐링하고 싶어 라디오 듣습니다.

♪ 3**8 님

식후에는 커피 브레이크가 필요하죠.

커피 한 잔 마시고

카페인이 온몸과 혈관을 돌아 각성효과를 내기까지

15분 정도 걸린다고 하는데

그때 잠깐 청하는 잠이 아주 꿀맛이라네요.

커피의 각성효과가 힘을 발휘하기 시작하는 15분 후에

잠이 깨면 피곤도 한결 풀리고요.

그러고 보니 그냥 무심코 흘려보내는 15분 동안
우리는 많은 걸 할 수 있어요.

음악 듣기
노래 흥얼거리기
멍 때리기
옛날 생각하기
옛사람 떠올리기
글 끄적이기
책장 넘기기
책상 정리하기
이어폰 꽂기
잠들 준비하기

라디오 볼륨 살짝 낮추기

잠깐 눈 붙이기

야근 중이니 아예 꿈나라로 가면 안 돼요.
잠깐 들렀다 오세요.

마음을 내어주고
마음을 얻는

애니메이션 〈알라딘〉에 나오는 램프의 요정 지니.
무엇이든 세 가지 소원을 들어줄 수 있는
무소불위의 지니도
들어줄 수 없는 바람이 있대요.

죽은 사람을 다시 살리는 것과
사람의 마음을 얻는 일.

사람의 마음은 돈을 주고도 살 수 없다는데,
그렇게 억만금을 주어도 얻을 수 없는
귀하고 귀한 마음을
다른 이에게 내어준다는 건
자신의 전부를 주는 것과 마찬가지겠지요.

그러고 보면
다른 사람의 마음을 얻고
함께 사랑하며 살아가는 분들이
진정 남부러울 것 없는,
세상을 다 가진,
가장 행복한 사람들 아닐까요?

고맙습니다.
이 시간,
시간을 내어주고
자리를 내어주고
마음을 내어주어서.

라디오라는 걸 잘 듣지 않았는데…
잠이 안 와 우연히 접하게 된 후
좋은 이야기, 좋은 노래에 이끌려 종종 찾아오고 있습니다.
앞으로도 잘 부탁드립니다.
저 같은 나그네가 쉬어갈 수 있게.

♪ 이*혜 님

새벽이
부리는 마법

밤과 낮 사이 우리가 있네.

저 하늘에 함께 해와 달이 있네.

널 보네. 한참

짠하고 막연하고 막막하고 막 울겠네.

☆ 영화 〈변산〉 중에서

영화 〈변산〉에서 고향을 떠나

편의점 아르바이트로 고된 일상을 버티던 주인공 정민이

옛 친구들 덕분에 다시 변산을 찾게 되고

고향 하늘을 바라보다 지은 자작 랩으로

우여곡절 끝에 경연 프로그램에 출연해

읊조렸던 가사의 일부예요.

래퍼들 보면 시인 같죠.

때로는 직설적이고 다소 거칠지만
세상을 향해 거침없이 솔직하게
라임 맞춰 박자 맞춰 절묘하게
자신의 내면을 토해내잖아요.

예전에는 음유시인들이 있어서
여기저기 유랑하며 연주와 함께 직접 낭송을 했다면

이제는 곱디고운 맑은 언어들을
시인들이 시집을 통해 선보이고
작사가들이 좋은 노랫말로 들려주니

언제 어디서든 시를 읽고 듣고
같이 느끼며 공감할 수 있어요.
모두들 가슴을 울리는 예술가들이죠.

여러분의 사연도 한 편의 시 같아요.

그 사람과의 이별에 상처받고
찢어진 심장을 눈물이라는 실로 꿰매고
추억이라는 약을 처방받았습니다.

♩3*** 님

음률이 느껴져서 리듬이 느껴져서
아픔을 고이 접어 가다듬은
여리고 고운 결이 느껴져서
가사가 되고 시가 되는 사연들.

새벽이 부리는 마법 덕분인가 봐요.

내게 꼭~
안겨 주세요

여기는 광주입니다. 밤이 길어요.

긴 밤 외롭지 않게 제 옆에 꼭 붙어있어 주세요.

🌙 55** 님

꿈속에서 만나자고 바이 바이 하시는 분도 있다 보니

슬슬 욕심이 나더라고요.

하루의 첫 시작은 다른 이여도 괜찮은데

하루의 마무리는 꼭 우리 라디오였으면 하는 생각.

첫사랑은 못 되어도 끝사랑이었으면 하는 기대.

그것도 모자라 〈이현경의 뮤직토피아〉가 잠결에도 들리고

현경 디제이가 꿈속에도 특별 출연했으면 좋겠다는

욕심도 부려보게 되네요.

매일 밤 함께 잠드는 아들 녀석은
네 살 때 팔베개를 해주며
저에게 이렇게 말한 적이 있어요.

"엄마, 저에게 꼬~옥~ 안겨주세요."

옆에 꼭 붙어있어 달라고요?
당연하죠.

아주 옆에 꼭 달라붙어 있을게요.
꼬~옥~

내가 형편없을 때
나를 지켜봐주는 누군가

회사에서 사고만 치고 온종일 우울했네요.

위로해주세요.

♪ 이*아 님

"실수나 실패는 누구나 할 수 있어.

우리 함께 헤쳐나가자."

입사 초기에 큰 실수로

프로젝트 하나를 엎어야 하는 상황이 왔을 때

한 게임회사 CEO가 그 신입사원에게 한 말이었대요.

잘못한 직원은 하염없는 눈물을 흘리며

이런 리더라면 앞으로 믿고

회사생활 할 수 있겠구나 싶더래요.

짐을 싸야 한다고 생각했던 순간에 들었던
진심 어린 따뜻한 말에 다시 시작할 용기를 낸 직원은
지금 국내 유명 게임회사 운영자로 활발하게 활동하고 있고요.

당장의 손해를 감수하고
한 사람의 가능성을 알아봐준 CEO와
그런 기대에 부응하듯 실패를 딛고 잠재력을 입증해낸 사원.

"실수했으면 응당 책임을 져야지!"

'역시 나는 어쩔 수 없어, 나는 안 돼!'

바닥을 치고 늪으로 가라앉을 때
누군가 나를 믿어주지 않았더라면
최악의 순간에도
누군가 나를 기다려주지 않았더라면
그 두 사람은 지금 이렇게 웃으면서
지난날을 돌아볼 수 있었을까요?

잘못된 선택을 한 나, 사고를 쳐버린 나
형편없어져 버린 나…
내가 너무 바보 같아서 고개를 못 들겠고

책상 밑으로 숨어버리고 싶고
화장실에 들어가 펑펑 울고 싶은 날에도
누군가는 그때의 자신을 떠올리며
안타까운 마음으로, 온화한 눈빛으로
나를 물끄러미 지켜보고 있을지도 몰라요.

실수나 실패는 누구나 언제든 할 수 있어요.
오늘만 우울해하고
오늘만 위로받고
오늘만 자책하고
내일부터는 다시 씩씩해지세요.
나로 돌아오세요.
현경 디제이가 든든히 위로해 드릴게요.
우리 〈뮤직토피아〉 식구들이 꼭~ 안아드릴게요.

행복의 속도만큼
흐르는 시간

엘리베이터 안에서의 시간.
시간을 잰다면 불과 1분도 안 되지만
낯선 사람과의 어색한 분위기는
짧은 시간이라도 견디기 불편하고 길게만 느껴지죠.

요즘은 엘리베이터 안에서 목례라도 하는 분위기지만
눈을 맞추지 못해 인사하는 타이밍이라도 놓치면
애꿎은 휴대전화만 들여다보게 됩니다.

안에 설치된 거울에 의지하고
관심도 없는 광고판을 열심히 들여다보는 척하며
도착할 층만 기다리게 되는
짧지만 더딘 엘리베이터 안에서의 시간.

행복의 속도만큼 빨리 흐르는 긴 시간과
어색함의 강도만큼 천천히 흐르는 찰나의 시간.

우리가 함께하는 두 시간은
아쉬운 만큼만 짧았으면
지루하지 않을 만큼만 길었으면 좋겠습니다.

내 자신이
서글퍼질 때면

항상 잘 듣고 있어요.
퇴근길에 이유 없이 옛날 생각이 나면서
내 자신이 너무나 서글퍼 눈물이 나네요.
저한테 힘내라고 한마디만 해주시면
마음에 위안이 될 것 같아요.

♪ 현*희 님

갑자기 자기 연민에 빠질 때
내가 나에게 측은지심이 생길 때

그래도 이만하길 다행이다
그래도 열심히 살아와서 여기까지 온 게 아닐까
이렇게 제자리를 고수하고 있는 것만도 대견한 일이 아닐까
나 자신을 이렇게 위로한답니다.

아무리 가까운 사람이라도 모두 내 마음 같지는 않더라고요.
내 마음을 전부 다 이해해줄 수 있는 건 오직 나뿐이더라고요.

퇴근길에 괜히 서글퍼 눈물이 난다면
혼자인 새벽 시간에 서러워 가슴이 먹먹하다면

그래도 너 잘하고 있어
그래도 꽤 씩씩하잖아
그래도 꽤 멀쩡하잖아
이렇게 위로해주세요.

나의 위로가 큰 힘이 되어주고
다른 이의 격려가 작은 힘을 보태줄 거예요.

이토록 기특한 내가 얼마나 대견한지
어깨 토닥토닥, 정수리 쓰담쓰담
엉덩이도 팡팡 두들겨주세요.

새벽에도
색깔이 있어요

새벽에도 색깔이 있어요.

자정이 지나 시간이 깊어갈수록
여름을 지나 겨울로 계절이 옮아갈수록
농도는 진해지고 명도는 낮아지며
새벽은 짙어집니다.

여름 새벽이
어스름한 푸른 빛을 품고 있다면

겨울 새벽은
오래 갈아 벼루에 찐득하게 남은 먹색이에요.

매일 똑같아 보이는 새벽도
시간마다 계절마다 조금씩 달라요.

매일 변함없어 보이는 일상도
가만히 들여다보면
조금씩 다른 것처럼.

잠 못 이루는
까닭

코로나19로 모든 리듬이 깨지고 있네요.

오월 중순부터 지금까지 일을 못 하고 있어요.

지쳐갑니다.

♪ 09** 님

진정한 21세기는 코로나 이후라는 이야기가 있어요.

이제 다시는 그 이전으로 돌아갈 수 없겠죠.

맞아요. 예전 같지 않아요.

지금껏 누리던 일상을 잊어야지

마냥 그리워할 수만은 없어요.

이제는 어쩔 수 없이 적응하고

더 나아가

새로운 방향을 모색해야겠지요.

변화의 물결이 다가오고 있는데

추억에 머물다 잠겨버릴 수는 없으니 말이에요.

실은 변하는 게 가장 어려운 일인데

그 변화라는 걸 아주 강력하게 요구받고 있는 요즘이에요.

어떤 마음으로 어떻게 변화의 파도를 탈 수 있을까?

휴…

새벽에 잠 못 이루는 이유가 하나 더 늘었네요.

달콤한 잠과
미래를 그리는 시간

제가 살면서 신비로운 체험을 두 번 했어요.

한 번은 사춘기가 막 시작될 무렵
이튿날 있을 일들을 예지몽으로 꾸면서
미래를 엿봤던 적이 있었고요.

또 최근에는 이렇게 할까 저렇게 할까
망설이던 일이 있었는데
새벽 출근길 차 안에서 내 마음의 소리를 들은 적이 있었죠.

이성이 살짝 숨을 죽이고 본능과 감성이 깨어나는 시간에
비록 잠깐이지만 미래의 내가 현재의 나에게
앞으로 있을 일을 살짝 귀띔해주고
내 진짜 속마음이 나를 향해 속삭였던 경험.

좋은 꿈을 꾸고 싶고
좋은 미래를 만나고픈 마음이 통한 것 같아
정말 신기하더라고요.

'10년 뒤 나의 모습은 어떨까?'
저는 이게 가장 궁금해요.

그런데 보통 이런 말씀들 많이 하세요.
'미래는 내가 만들어가는 것이다.'
'내가 그리고 싶은 미래를 일찌감치 미래 일기로 쓰고
미리 감사한 마음을 담아 감사 일기를 써라.'
또 '그렇게 될 것이다. 이미 그렇게 된 것처럼
행동하고 사고하라'는 말도 있어요.
'자기충족적 예언'이라고 하죠.

'사고하는 대로 행동하지 않으면
행동하는 대로 사고하게 된다'라고도 하고요.

어쩌다 한 번 입안으로 냉큼 떨어졌던 감이
무척이나 달았던 기억 때문에
아직도 내 생에 단 한 번뿐이었던 예지몽이
한 번 더 결정적인 순간에 찾아오기를 바라기도 하지만

앞으로 그런 일이 또 일어날 확률은 거의 없겠죠?

며칠 전 제 아들이 그러더라고요.
"엄마, 자기 전에 꿈을 생각하면 자면서 그 꿈을 꿀 수 있어."

일곱 살 난 어린아이도 원하는 꿈을 꾸는데
우리는 왜 여태 그러지 못했을까요?

미래를 엿보려 하기보다는
미래를 막연히 바라기보다는
차라리 미래를 확실하게 설계하고
내가 직접 만들어가기.

미래는 내가 써 내려가는 희망 일기니까요.

담백하지만
싱겁지 않은

별일 없는 하루를 기대하지만
별 볼 일 없는 하루는 싫어요.

시시한 하루, 무미건조한 하루
아무 기억도 나지 않을 하루는 사양할래요.

담백하지만
결코 싱겁지 않은 하루를
기대하게 됩니다.

포대 자루
썰 매

☆

어릴 때 이맘때쯤이면 고드름 하나씩 따서
간식으로 아이스크림으로 맛나게 먹고,
개울가 얼음을 깨고 동네 아낙네들은
연신 빨래하며 방망이질을 하곤 했네요.
지금의 겨울은 봄인지 겨울인지 잘 모르겠지만요.

♩ 67** 님

예전에는 정말 너무 추웠어요.
지금처럼 패딩에, 캐시미어 같은
따뜻한 직물도 거의 없었잖아요.
그래서 손 시리고 발도 어찌나 시리던지.

그런데 쨍하고 맑은 추위, 강추위라고 하죠.
그 추위가 그리울 때가 있어요.

함박눈 펑펑 내린 다음날
엄지발가락이 터진 얇은 천 신발 하나 신고
손가락 없는 장갑 끼고
포대 자루 질질 끌며 언덕까지 올라가
신나게 미끄러져 내려왔던 추억.

추위도 잊고 노느라
하루 종일 밖에서 지냈던
코끝이 빨개지고 귀 끝이 싸하고
손가락이 아리고 발가락이 얼얼했던

그 시절이 그립네요.

찐빵과 김장김치
그리고 엄마의 사랑

가만히 듣고 있으니 저도 모르게 추억에 빠지네요.

어릴 적 엄마가 해주시던 찐빵.

듬성듬성 강낭콩이 들어간

노란 찐빵 한 개만 먹어도 배가 불렀지만

간식거리는 적고 형제는 많아서

빨리 먹고 급하게 하나 더 챙겨 먹는 바람에

체해서 여러 번 고생했던 추억이 떠오르네요.

지금은 곁에 안 계신 엄마도 많이 생각납니다.

♩ 한*애 님

찐빵 하나가 지금은 곁에 계시지 않은

엄마를 추억하게 하네요.

엄마가 해주시던 음식

그 비슷한 냄새만 맡아도 자연스럽게
엄마가 떠오릅니다.

엄마가 떠나기 전
마지막으로 해주신 김장김치를 먹어버리면
엄마의 흔적도 사라질까 봐
차마 냉장고에서 꺼내지 못하고 있다는 사연도 있었어요.

저절로 옛 기억이 소환되는 엄마의 음식.
찐빵과 김장김치는 엄마의 사랑이었네요.

천 천 히
천 천 히

몸이 안 좋아 서울에 있는 병원을 가야 해서
이모네 집에 놀러 왔습니다.
잠이 안 와 조용히 방에서 라디오 듣고 있어요.
이모, 이모부가 잘해주시는데
신세만 지는 것 같아서 죄송한 마음이에요.
♩ 이*림 님

혹시 이런 말 들어보셨어요?
병이 오히려 휴식이 될 수 있다는.

건강을 회복하는 데 사용할 힘을 조바심내는 데 쓰면
병을 치료하는 데 써야 하는 생명력을 훔치는 거래요.

재정적 손실과 잃어버린 시간에 슬퍼하기보다는

그동안 늘 피곤했던 장기들이 회복할 시간을 줘야 한대요.

그러니 이전의 밝고 상쾌한 얼굴을 되찾을 때까지
한 번 자신을 믿고 치유의 힘을 믿어보세요.

신세를 져서 미안한 마음보다는
나를 진심으로 걱정해주는 사람들의 고마운 마음을 믿고
천천히, 천천히 나으세요.

꼭 좋아질 거예요.

크리스마스에는
축복상

☆

성탄절 아침, 일어나자마자 아이는
산타 할아버지가 다녀가셨냐고 물었어요.

"나도 자느라 못 봤는데?"
아이는 현관문 밖으로 쪼르르 달려나갔어요.

"어, 이게 뭐지?"
문 앞에는 묵직한 택배 상자가 놓여있었어요.

"영차, 영차."
무거운 줄도 모르고 낑낑대며 거실 안으로 들여놓았습니다.

'그럴 리가…'
설마 설마 하면서 테이프를 떼어내니

역시나 아이 선물이 아니었네요.

실망하는 아이에게
"크리스마스 트리 위에 양말 걸어놨잖아" 했더니
그제야 생각난 듯 냉큼 달려가 꾸러미를 찾았습니다.

"우와, 장난감 자동차다!"
아이가 그토록 갖고 싶었던 차를
산타 할아버지가 살짝 놓고 가셨네요.

전날부터 "나 착한 일 많이 한 착한 아이야?" 하며 불안해하더니
드디어 올해의 착한 어린이임을 인정받은 거예요.

그런데 산타 할아버지는
굴뚝이 없는데 어떻게 들어오셨을까요?
비밀번호를 모르는데 어떻게 문을 열었을까요?

굴뚝이 없으면 창문을 활짝 열어놓으면 되고
비밀번호를 모르시니 현관문을 살짝 열어놓으면 된대요.

요즘 아이들은 역시 모르는 게 없네요.

언제부터인가 내게는 더 이상 선물을 주지 않는 산타 할아버지
내 안의 작은 아이도 선물받고 싶어요, 칭찬받고 싶어요.

어른 노릇 열심히 했다고 수고했다고
올해의 선한 어른 상 받고 싶어요.

부상은 토닥토닥.

괜찮은 게
괜찮지 않아서

우울감에
젖어 드는 밤

고민이 많은 밤입니다.

경기도 안 좋은데 일이 많아져서 참 좋은 일이지만

제 시간이 거의 없어요.

요즘 일하면서 왜 이러고 사나 싶어 우울해요.

가을이 오니까 더 깊은 시름에 잠기네요.

　♩윤*진 님

일이 많아 감사하긴 한데

일이 너무 많아서 우울할 정도라면

워크와 라이프의 밸런스, 워라벨이 깨진 거죠.

요즘은 워라벨을 넘어서 워라조,

워크와 라이프의 조화를 추구하는 시대인데

일과 생활의 균형마저 깨져 있는 상태네요.

낮에는 회사원, 밤에는 택배 아르바이트, 주말에는 편의점에서
너무 무리한다 싶을 정도로
어떻게 저러고 견디나 싶을 정도로
고군분투하는 모습을 보면 안타깝더라고요.

사연 속의 삶과 우리의 모습이
별반 다르지 않은 것 같아
더더욱 그래요.

내 시간이 없을 정도로 일을 많이 하면 안 되죠.
왜 이러고 사나 싶을 정도로 일에 파묻히면 안 되죠.

자꾸만 기분이 처지거나 힘들 땐
묻어두고 감추지 말고
조금씩이라도 토해내고 내뱉어야 해요.
힘들다고 이야기해야 해요.

속내를 잘 드러내지 않는 성격이 있어요.

내향적인 분들
부탁을 거절하지 못하고
비판에 반박하지 못하고

주변이 신경 쓰여서
완벽하지 못할까 봐
남들보다 답답함을 느끼고
스트레스도 많이 받는.

남들보다 우울감에 젖어 들기 쉽고
특히 가을이나 겨울처럼 일조량이 적어질 때
더 가라앉기 십상이죠.

마음에 쌓아두지 말고
답답한 가슴, 멍울이 짓누르기 전에
차 안에서 혼잣말로 심경을 토로하고
노래방에서 크게 소리도 질러보고요.

글로 끼적이고 저장 버튼 클릭하세요.
문자로 적어 보내기 버튼 눌러버리세요.

수신은 〈이현경의 뮤직토피아〉로.

시간을 되돌리고픈
당신에게

과거로 돌아갈 수 없지만
만약에 정말 갈 수 있다면
지금처럼은 안 살 거예요.
삶이 너무 고단해요.

☽ 1*** 님

어디서부터 잘못된 걸까요?
어디서부터 고쳐야 하는 걸까요?

지금의 삶이 너무 고단하고 버거워
그런 생각, 종종 하게 되죠.
어디로 다시 돌아가고 싶은 건가요?

저는 또 고치는 것 자체가 너무 힘들 것 같아

아예 돌아가고 싶지 않아요.

여기까지 오는 것도 너무 힘겨웠는데
여기까지 어떻게 왔는데 싶어서
이전으로 돌아가고 싶지는 않아요.

사실 후회스러운 순간순간도 많은데
결국은 그냥 흘려보내게 되더라고요.

중세시대의 길고 긴 암흑기가 있었던 것처럼
제 인생도 잃어버린 10년의 세월이 있었어요.

떠올리기 싫어 그 부분만 꽃삽으로 싹~ 떠버리거나
부분 기억상실증에 걸렸으면 좋겠다는
생각을 하기도 했었죠.

그런 시기가 있었기에 지금의 내가 있다는 말은
결코 위로가 되지 않아요.

지금의 내가 조금 덜 성숙해도 좋으니
겪지 않았으면 좋았을 일은
그냥 모르고 지나갔으면 훨씬 더 좋았을 것 같아요.

비 오는 날마다 예전에 다쳤던 발목이 욱신거리듯
상처는 아물어도 상흔은 남거든요.

그래서 그때의 기억들이
나약하고 힘들어질 때마다 찾아와 마음을 더 흔들어대요.

후회와 자책으로 괴로워하다가 힘없이 쓰러지고
무기력하게 만들려는 듯
체념하고 포기하게 만들려는 듯

다시 일어설 엄두조차 못 내게
다시 힘낼 힘마저 말라버리게

그저 모든 시기가 지나가고
그 시기마저 '그랬었지…' 하고
읊조릴 수 있는 마음이 되기를

조용히
기다려봅니다.

사람과 사람 사이의
관계

사람과 사람 사이에 맺는

인연의 끈, 관계

어떨 때는 순조로운 듯하다가도

어떨 때는 한없이 꼬이고 꼬여서

어디서부터 풀어내야 좋을지 고민하게 만드는.

풀려 하면 할수록 꼬이기만 하고

꼬인 게 심지어 점점 크게 뭉쳐지기도 하는.

끊어내기도 쉽지 않은데

끊어내고 싶지도 않은데

결국은 끊어내야 하나

갈등하게 되는.

피하고 싶은데 피할 수도 없는
사람과 사람 사이의 관계.

부대끼는 것이 외롭지 않아 좋기는 하지만
부대끼는 것이 상처가 될 때도 있습니다.

그래서 평생 숙제인가 봐요.

내 아이디어를 훔치는
사람들에게

어느 중견기업의 신입사원 채용 과정에서 있었던 일이에요.
무작위로 뽑은 쪽지에 적힌 단어를 주제로
즉석 토론을 하면서 그동안 갈고닦은 실력을 보여주려는
지원자들의 열기가 무척 뜨거웠죠.

한마디라도 더하고 주도권을 잡으려 애쓰는 분위기 속에서
자신이 하려는 말을 번번이 가로채는 이가 있었어요.

의견을 내놓기 전에 키워드 몇 개를
수첩에 적어놓고 정리해서 입을 떼려고 하면
바로 옆에서 힐긋거리다가 제 생각인 양
반 박자 앞서 말문을 열었어요.

'이게 무슨 경우지? 이건 아니잖아!'

그 후에는 개인 수첩을 자기 쪽으로 바짝 끌어당긴 후
연필 먼저 끄적거리던 손을 번쩍 들어
자신의 생각을 밝히기 시작했어요.

얼마나 고민해서 엮은 씨줄 날줄인데
얼마나 애써 하나하나 정성 들여 꿴 구슬인데

상의하는 척, 확인하는 척…
남의 노력을 공짜로 빼앗으려는 사람들에게
고마운 것도 모르고 무임승차하려는 사람들에게
그냥 눈 뜨고 당할 수는 없죠.
마냥 빼앗기고 억울해할 수는 없죠.

내 반짝반짝 빛나는 아이디어는 모두 같이 '공유' 버튼
혹시 모를 책임 소재는 직속 상사에게 '전달' 버튼

미리 귀띔해주지 마세요.
애써 다 알려주지 마세요.

원조 맛집 제조비법은 며느리도 모른다잖아요.

제가 낸 아이디어를 쏙 빼가는 상사가 있어요.

마치 자신이 낸 아이디어인 것처럼 말하는데…

황당하더라고요.

말로만 듣던 일이 제게도 일어나네요.

♪ *** 님

상 처 를 받 는 지 점 은
각 자 다 릅 니 다

누군가 상처를 입는다면
그 사람이 약해서가 아니야.
단지, 우리 마음은 받아들일 수 있는 것과
없는 것이 각자에게 있을 뿐이야.
☆ 영화 〈우리들〉 중에서

상처를 받는 지점은 각자 다릅니다.

요즘 말로 엄친딸이라고 하는
IQ 180에 아이비리그 좋은 대학을
우수한 성적으로 졸업하고
월스트리트 최고의 회사에 입사한
어느 미국 여성이 있었어요.

그런데 중요하고 결정적인 순간에
그녀의 잠재력과 능력이 차고 넘침에도
자꾸만 물러서거나 도망치는
자신 없는 모습을 보였대요.

병원에 가서 상담을 받았더니
어릴 적 트라우마가 있었답니다.

어렸을 때 엄마가 아이스캔디를 언니에게만 주고
자신에게는 주지 않았대요.
점심을 잘 먹지 않았다는 이유로
아이스캔디를 받지 못했는데,
그 일이 어린 마음에
엄마라는 존재에게 사랑받지 못했다는
충격과 상처로 남아
두고두고 그녀를 괴롭힌 거예요.

엄마는 언니에게 아이스캔디를 주었지만
나에게는 주지 않을 거야.
엄마는 나보다 언니를 사랑하는 게 분명해.
그러니 다른 사람들도 나를 사랑하지 않을 거야.
그들도 내가 나쁜 애라는 걸 알 테니까.

나는 사랑받지 못할 거야.

나에게는 문제가 있기 때문에 성공하지 못할 거야.

그때의 기억과 그때의 생각이 두고두고 무의식에 각인되어
이 여성을 끊임없이 괴롭혔습니다.

"에이, 그게 뭐라고, 뭐 그런 일로 그래?"라며
대수롭지 않게 여기고
심지어 꼬집기까지 한다면
이미 깊은 상처를 받은 사람에게
견딜 수 없는 치명타를 날리게 되는 셈이죠.

상처를 받는 지점은 사람마다 다릅니다.

난간 끝에 버티며 겨우 매달려 있는 사람에게는
매정하고 무자비한 발길질이 아닌
따스하게 잡아 올려주는 손길이 필요합니다.

사는 게
별반 다르지 않잖아요

친구들은 번듯이 취업하고 공부하고
자신의 길을 믿고 가는데,
저는 그게 왜 이렇게 어려운지 모르겠어요.
힘 좀 주세요.

♪9*** 님

나만 빼고 남들은 다 잘살고 있는 것 같죠.
특히 SNS를 보면 다들 어디 여행 가고 맛있는 거 먹고
친구들과 만나 깔깔 웃으면서 즐겁고 행복하게 지내는 것 같아요.

그런데 사는 게 별반 다르지 않다는 거,
이제는 우리가 알잖아요.

늦고 빠르고는 상대방과 비교해서 그런 거지

일반적인 통념에 끼워 맞추려니까 그런 거지
남들보다 뒤처지고 앞선다고 판단할만한 기준은
딱히 없는 것 같아요.

그저 각자의 레이스에서
자기만의 시간으로 부단히 달려가는 거지.

며칠 전 어떤 분이 제가 참 부럽다며 사연을 보내주셨지만
저도 주변을 돌아보면서 '왜 나만 이러고 있지?' 하며
자괴감에 빠질 때 많거든요.

다들 고만고만하게 비슷하게 살아가고 있다는 거
잊지 마세요.

하지만 힘은 내야 합니다.
한 번뿐인 인생인데
우리가 행복하진 못해도 의미 없이 살 수는 없잖아요.

지친 하루 많이 힘드셨죠?
힘 좀 달라고 하셨죠?
제 힘 나눠드릴게요.

알면서도
미처 알지 못한 것들

결혼생활이 행복하지 않다고 느낀 꽤 오랫동안
청첩장 받는 게 두려웠어요.
세상을 다 얻은 듯한 신랑의 충만한 표정
행복에 겨운 신부의 수줍은 미소가
도리어 나에게는 상처가 될까 봐.

아이를 간절히 기다렸던 꽤 오랫동안
주변 사람들의 임신 소식에 가슴이 내려앉기도 했죠.
초대받은 돌잔치에 가야 하나 말아야 하나
고민스럽기도 했어요.
그들에게는 고마운 사랑의 결실인데
세상에 자랑하고픈 더없이 소중한 보물인데
저에게는 가질 수 없는 아픔이었으니까요.

일과 사랑, 두 마리 토끼 중

그 어느 것도 나의 것이 아님을

그 어느 곳에도 내 자리는 없음을 뼈저리게 실감하며

웃고 떠드는 사람들 속에서 홀연히 빠져나와

혼자만의 동굴에서 웅크리고 있기도 했어요.

그런데 이제 조금은 알 것 같아요.

어느 드라마 대사처럼 불행은 랜덤,

결코 나만 따라다니는 게 아니라는 걸

성격이 습관이고 운명이라는데

매를 벌 듯 오히려 내가 불행을 자초하고 있었다는 걸.

그때 몰랐던 걸 이제는 조금 알 것 같아요.

기꺼이 축하해주고 박수 쳐주며

마음껏 샘내고 부러워하고

욕심껏 바라고 원하면

나에게도 행운처럼

한 번쯤 꼭 필요한 순간에

운명의 여신이 미소지어줄 거라는 걸.

그렇게 세월은
속절없이 흘러가네요

옛날 추억의 노래 신청해도 될까요?

너무 오래돼 버렸어요.

이제 라디오에서 듣기도 힘들어진 것 같네요.

원미연의 〈이별여행〉

어렸을 때 독특한 목소리와 멜로디에 푹 빠졌어요.

♪ 1*** 님

라디오에서 우연히 듣게 되는 흘러간 노래

마치 잊고 있던 옛 친구 같죠?

우리 피가 뜨거웠던 날들에 배경음악으로 사용돼

마치 타임머신 버튼처럼 그 노래를 들으면

바로 그 시절로 시간 이동을 해버리니까요.

그런데 나도 모르게 세월은 무심히 흘러갔다는 걸
언제 깨닫게 되는지 아세요?
바로 여러분의 신청곡을 음원 리스트에서 찾을 때에요.
얼마 안 지난 것 같은데
막상 들려드릴 음원이 없으면 갑자기 당황스러워져요.

2010년대와 밀레니엄 시기를 되감아
겨우 찾은 90년대 노래들은
어느덧 페이지 맨 뒤편으로 밀려있는 거 있죠.

미리 듣기를 해보면
지지직 소리가 들릴 만큼 음질도 그다지 좋지 않고요.

따지고 보면 90년대는 벌써 30년
80년대는 이미 40년 가까이 된 노래들이에요.

혈기왕성했던 시절
노래방에서 신나게 불렀던 노래가
이제는 신입사원들이 가장 듣기 지겨워하는
부장님의 회식 송이 된 지 오래고요.

그렇게 세월은 속절없이 지나갔네요.

버리지 못하는
마음

박정현의 〈You Mean Everything To Me〉 신청해봅니다.

쓰지도 않고 사고 또 사고 버리지도 못하는 우리들은

정말 조금씩 저장강박증이 있나 봅니다.

〈이현경의 뮤직토피아〉 들으며 정리 좀 해야겠어요.

♪ 76** 님

"그건 네가 정이 많아서 그런 거야."

정리가 제일 어렵다는 저의 하소연에

한 선배가 던진 위로의 말이었어요.

어떤 방송 프로그램을 보면

온갖 물건들, 잡동사니들, 버리지 못하는 쓰레기들

집안 곳곳에 쌓아놓고 있는 분들 이야기가 가끔 나오잖아요.

마치 거대한 쓰레기통처럼 악취도 풍기고.

그런 집들을 자원봉사자들과 이웃들이 나서서
깨끗이 치우는 것으로 마무리되죠.

"앞으로는 깨끗하게 해놓고 살게요."
처음에는 완강히 거부하다가
결국에는 환한 미소를 짓는 그분들은 왜 그럴까요.
왜 그럴 수밖에 없었을까요?

혹시 주워 담아도 주워 담아도
채워지지 않는 무언가 허한 마음,
가슴이 뻥 뚫려 있는 것 같은
아픈 구석이 있어서가 아닐까요.

누구나 정도의 차이는 있겠지만
버리지 못하는 마음들이 분명 있을 거예요.

어느 정리와 수납의 달인이 이야기했다죠.
어떤 물건을 손에 쥐었을 때 설레지 않으면
가차 없이 버리라고.

그런데 어째요.
설레지는 않지만 짠한걸요.

어딘가 애처롭고 안쓰러운걸요.

여전히 내가 기억하고 있는걸요.

그 물건에 서서히 깃든 추억도 있는데요.

큰맘 먹고 버렸는데

나중에 그 물건을 찾게 되는

만의 하나의 경우도 우려스럽고 말이죠.

그렇다고 그런 만의 하나의 희박한 확률 때문에

그대로 쌓아두면 안 될 것 같아요.

공간도 마음도 숨 쉴 틈과

약간의 여백이 필요한 거잖아요.

옛것을 버려야 새것을 맞이할 수 있고요.

옛 마음을 버려야 새 마음을 담을 수 있어요.

눈 질끈 감고 결연하게 시작하세요.

마무리까지 확실하게.

분노 속에 숨겨진
진짜 감정과 마주하세요

요즘 너무 힘드네요.

결혼 15년 차인데 다툼이 심해요.

어제는 제가 TV 보고 있는데

갑자기 이어폰을 본인 거 썼다고 어찌나 화를 내는지.

애들 보기 창피했어요.

애들 셋 보며 참고 있는데 견디기가 참 힘드네요.

이럴 땐 어떻게 해야 할까요?

　♩하** 님

공용 이어폰,

사실 저희는 내레이션하거나 더빙할 때

마구 마구 돌려쓰거든요.

거쳐 간 사람들만 해도

족히 수백 명에서 수천 명은 될걸요?

단순히 이어폰 때문만은 아니겠죠.

아이 셋에 결혼 15년 차.
삶 자체가 힘들기에
별것 아닌 일에도 버럭 하게 되고.

두 분 다 요즘 힘드실 것 같아요.
별것 아닌 일에 화를 냈다는 자각조차 하지 못할 만큼.

가까운 친구나 가족이 나에게 쉽게 화내는 이유는
감정의 끓는점이 낮아서 그렇대요.
자신과 가까운 사람일수록 기대가 크기 때문이래요.

심리학에서는 분노를 2차 감정이라고 부른답니다.
그 이면에는 진심이라 불리는 1차 감정이 숨어 있대요.

상대방이 앞으로 할 행동에 대해
이 정도는 해줄 수 있는 거 아닌가 하는 '기대',
상대방에게 나는 필요한 사람이 아닌 것 같은 '슬픔',
상대에게 혹시 무슨 일이 있는 게 아닐까 하는 '걱정' 등이
분노의 이면에 숨겨져 있는 거래요.

그럴 때

뭐 그런 걸 가지고 그러나 싶어 똑같이 화를 내거나

순간 너무 놀라 한마디 대꾸도 못 하다가

이내 섭섭하고 힘 빠지고

결국은 두고두고 응어리로 남게 되는데.

그러지 않았으면 좋겠어요.

미안함은커녕 섭섭함이 앞서지만

상대방이 지금 힘든 상황이라 그런 거라

이해해주면 좋겠네요.

그리고 나도 쉽지 않은 상황이지만,

상대방이 가슴속에 숨겨진 진심을 깨닫고

그 진심을 나에게 적절히 전달할 수 있을 때까지

기다려주면 좋겠어요.

조금 덜 힘들 때 허심탄회하게 이야기 나누고

농담도 하면서 위안 삼을 날도 오겠죠.

어쩌면 상대방으로부터

"내가 그땐 심했지?" 하며 사과받는 날도 올 거예요.

이별 슬픔
방지법

이별한 친구 위로해주고 이제야 집에 왔는데

1년 전 제 이별이 생각나요.

한 달 내내 너무너무 힘들었는데

아직도 이따금 생각나서 힘드네요.

제 친구는 저 같지 않았으면 좋겠어요.

♪ 박*희 님

'내가 먼저 겪어봤더니 너무너무 힘들더라.

다른 사람들은 그러지 않았으면 좋겠다'는 생각으로

아직도 힘들게 외로운 길을 걷고 계신 분들 참 많아요.

비록 주변에서 오해도 하고 시비도 거는 경우가 많지만

부당한 죽음, 억울한 죽음을

다른 사람들은 겪지 않았으면 좋겠다 싶어

끝까지 포기하지 않았던 가족과 주변 사람들의 용기 덕에
〈김용균법〉, 〈윤창호법〉 같은
안타까운 죽음을 맞은 사람의 이름을 딴
법이 생기기도 합니다.

내가 겪은 아픔을
남들은 겪지 않기를 바라는 마음.

박*희 님이 발의한 〈이별슬픔방지법〉

미리 겪었기에
이미 알기에
다른 이들은 피해가거나 질러가기를
그래서 예전의 나만큼 아프지 않기를 바라는 마음.

너무나 선하고 고운 마음.

저에게도 전해지네요.
저에게도 느껴지네요.

착한 부자로
살고 싶습니다

돈 걱정 안 하고 살면 좋겠어요.

돈만 넉넉하게 있으면

싸울 일도 맘 상할 일도 없을 것 같아요.

아이들에게도 미안하고 부모님에게도 죄송하고

이래저래 유난히 서글픈 날입니다.

♪ 08** 님

매주 복권을 사는 제 후배도 그래요.

"우리 소중한 가족들.

다 같이 한 건물에 모여서 살고 싶다.

복권에 당첨되면 건물 하나 사서

한 집에 한 층씩 주고 오손도손 살고 싶다."

말 그대로 꿈이죠.

꿈을 현실로 만들려면 그런 마음을 굳게 먹어
행동으로 보여줘야겠죠.

인풋보다 아웃풋이 많아야 살이 빠지는 다이어트와 다르게
돈 모으기는 나가는 돈보다
내 주머니에 들어오는 돈이 많아야 가능한 것이니
결국은 기본에 충실히 계획성 있게 돈을 모아야 하는데,
이놈의 돈은 손가락 사이로 빠져나가는 모래알처럼
통장에 숫자로만 흔적을 남기고 이내 사라집니다.

내게 돈만 있으면
내 아이들 아쉬움 없이 키우고
우리 부모님 원 없이 해드리고
정말 착한 일, 좋은 일에 쓸 것 같은데.

돈이 없네요.

봉준호 감독의 영화 〈기생충〉에 이런 대사가 나와요.

부잔데 착한 게 아니라 부자니까 착한 거지.
솔직히 이 돈이 다 나한테 있었어 봐.
나는 더 착하지, 착해.

부자들이 원래 순진해.
꼬인 게 없고.
부잣집은 애들이 또 구김살이 없어.
돈이 다리미야, 다리미.
구김살을 좌악 펴줘.

돈이 없어 악해지고 돈이 있어야 착해지는 세상.
세상살이 구김살을 돈만이 다림질로 펴주는 세상.

언제부터 부유함이 곧 공과 상이고,
언제부터 가난함이 곧 죄와 벌이 되었을까요.

《알면서도 알지 못하는 것들》이라는 책에서는
돈과 행복에 대해 이렇게 말해요.

행복을 돈으로 살 수는 없지만
돈이 행복을 도울 수는 있다.
내가 돈을 주인으로 모시지 않고
돈이 나를 주인으로 모시게 만든다면
돈은 얼마든지 우리를 행복하게 만들 수 있다.

돈만 좇는 부자가 착한 것이 아니라

착한 사람들이 착하게 돈 벌어서 착한 부자로,

정승처럼 벌어서 왕처럼 쓰고

당연한 듯 나누고 돌려주며

선한 영향력을 행사하는

선한 세상을 바라게 됩니다.

엄마는 그래도 되는 줄
알았습니다

제가 엄마 사는 모습을
엄마 마음을 너무 몰랐습니다.
늘 엄마가 보내주는 맛있는 반찬들이
당연히 엄마의 밥상에도 올라갈 줄 알았습니다.
늘 엄마가 터미널에 마중 나오는 것이
당연히 엄마가 해야 할 일인 줄 알았습니다.
늘 엄마는 그 자리에서 저를 기다려주는 사람이라고
그렇게 안심했습니다.
엄마도 혼자 밥 먹고 혼자 아프고 혼자 산다는 것을
저는 생각조차 하지 못했습니다.
늘 받기만 하느라고.

☽ 3*** 님

예전 이야기가 생각나네요.
시집간 딸이 친정엄마 보러 가면서
갈치 머리만 잔뜩 싸갔더래요.
"엄마 이거 좋아하잖아. 항상 갈치 대가리만 먹고."

엄마는 늘 그런 줄 알고
그래도 되는 줄 알고.

그래서 우리는 엄마 생각만 하면
가슴이 먹먹해지고 코끝이 찡해지고
미안한 마음이 더 많이 드는지도 모르겠습니다.

아버지의
흔적

자다가 깼어요. 잠이 안 오네요.

그래서 옷장 정리하고 있어요.

정리 중에 고이 모셔둔 아버지 사진이 있네요.

보는 순간 울컥했어요.

계실 때 효도 더 많이 하고 더 잘 챙겨드릴 걸 하는

후회, 그리움, 감사함이 다 밀려오네요.

살아생전에 더 잘해드릴 걸.

항상 감사드리고 보고 싶어요. 열심히 잘살고 있어요.

지금은 손자 손녀도 잘 크고 있어요. 걱정 마세요♡

계실 때 효도들 많이 하세요.

☽ 김** 님

저희 아버지가 돌아가신 다음에

엄마가 우리 집에 와서 살게 되었어요.

아버지와 함께였던 그 집.
아직까지 짐을 정리하지 못하고 계세요.

옷가지들 정리를 해야 되는데…
워낙 옷 입는 걸 좋아하셔서 멋진 옷들이 많았거든요.
알록달록 예쁜 넥타이도 많았고요.

영정 사진도 가장 아끼던 넥타이와 슈트를 입은 채로인데,
결국 가장 멋진 모습을 저희에게 남겨주셨어요.

정리해야 하는데
정리까지 해버리면
그나마 남아있던 아버지의 흔적이 몽땅 사라질까 봐
저도 엄마도 차마 손을 못 대고 있네요.

그립고, 보고 싶고, 미안하고.
때문에 더 열심히 살자고 다짐하게 됩니다.

먼 훗날 다시 만날 그날까지.

힘들 때 떠올려 줘
고마워

오랜만에 친구한테 연락이 왔어요.

우울증이 왔는지 기운도 없고 마음 아픈 말을 많이 하더라고요.

전화를 끊고 나서 친구를 위해

뭔가 해주고 싶은 마음이 들어 선물을 고르려는데

제가 그 친구에 대해 아는 게 별로 없어서 놀랐네요.

뭘 좋아하는지, 뭘 갖고 싶어 하는지…

미안한 마음에 나 자신을 돌아보게 되네요.

♪ 강*영 님

생각보다 우리는 남들에게 관심이 없고

알고 보면 나 자신에 대해서도 잘 모르잖아요.

너무 자책하지 마세요.

《그러니까 고개 들어》라는 책을 읽었는데요.

초등학교 교사이자 연극으로 심리치료 하시는 분이 저자예요.

그분은 우울할 때
자기만의 선물상자를 만들어 들여다본답니다.

그 선물상자 안에는
드립커피 한 봉지, 초콜릿 몇 개
그리고 만 원짜리 한 장과 쪽지가 있대요.

그 쪽지 안에는 이렇게 쓰여 있습니다.

'오늘은 놀아도 돼.'

문구점에 가서 예쁜 선물상자를 고른 후에
그 안에 마음을 담을 수 있는
작고 사소하지만 소중한 것들을 담아
친구에게 선물하면 어떨까요?

'오늘은 우울해도 돼.
하지만 너를 사랑하고 지지하는 친구들이
곁에 있다는 사실을 잊지 말아줘.
힘들 때 나를 떠올려줘 고마워'라고 쓴 쪽지와 함께 말이에요.

이제는 당신 하나만
생각할 시간

결혼한 지 35년.

별것 아닌 일이라지만 마음 상하게 다툰 후

얼굴 한 번 눈 한 번 마주치지 않고 하루를 보내고

이런저런 생각에 마음 복잡해

라디오에 의지하며 마음 추스릅니다.

환갑이 넘은 나이지만

말 한마디에 마음 상함은 좁은 마음 때문이겠죠?

나이가 들수록 점점 좁아지는 마음은

어른들이 말씀하신 그 노염을 타나 봐요.

작은 소리에도 서럽고 눈물이 그렁그렁하니 말이에요.

♪ 31** 님

달관할 수 없는 것.

그 사람의 무심한 한마디와 눈빛에 가슴이 떨리고

눈물이 그렁그렁한 이유.

그만큼 그 사람이 내 삶에 아직 중요해서가 아닐까요?

그 사람으로 인한 이전의 상처들이 아물지 않은 채

생채기가 난 상태에서

굉장히 민감한 상태에서

조금이라도 자극이 더해지면

한없이 작아지고 초라해지고 무기력해지는

나 자신을 발견해서일 거예요.

그동안 잘 인내하고 참아내셨어요.

좁은 마음 때문이 결코 아니에요.

나에게 지금까지 잘 견디고 살아왔다고

등 한 번 토닥토닥 두드려주세요.

이제는 상대방보다는 나 자신을 챙기며 살아도 됩니다.

이제는 당신 하나만을 보듬고 살펴줄 시간이에요.

내 사랑이 아니라
나 사랑이 먼저입니다

첫사랑이랑 헤어졌을 때 며칠 밤을 울며

이제 어떻게 사냐며 철없는 소리를 해댔었는데

지금 결혼해 가정을 꾸리고 보니

그때 그 고민은 죽을만한 게 아니었네요.

세상 살면서 더 힘든 일이 많다는 걸 이제 알았어요.

"젊은 친구들, 그 사람이 세상의 전부가 아니에요.

자신을 더 아껴주세요."

♩ 이*주 님

그래도 이별이 닥치면 그게 세상의 전부인 것 같잖아요.

끝으로 하신 말씀이 가슴속에 들어오네요.

"자신을 더 아껴주세요."

그 사람과의 이별, 하늘이 무너지고 땅이 꺼지는 것 같지만
결국 제일 아껴야 할 사람, 제일 사랑해야 할 사람은
나 자신이라는 말.

나 자신이 먼저 이 땅에 굳건히 발 딛고 서 있어야
썸이라는 것도 타고 사랑도 할 수 있는 거 아니겠어요?

내 사랑이 아니라 나 사랑이 먼저입니다.
나 자신을 사랑한 후에
다른 사람을 진정으로 사랑할 수 있다는
경험에서 우러나오는 말씀.

헤어져 잠 못 이루는 많은 분에게
적잖은 위로가 될 거예요.

고통을 껴안아
품을 수 있다면

☆

혼술 중입니다.

별것 아닌 사람 같다는 생각에 자존감이 바닥이네요.

우울감도 찾아오고요.

그저 힘내라는 말을 해준다면 큰 도움이 될 것 같아요.

딱히 말할 곳도 없고 답답함에 문자 보내네요.

♪ 97** 님

석탄은 극도의 압착과정을 서서히 거치면서

사용 가능한 에너지로 바뀐대요.

오랜 세월에 걸친 엄청난 열과 압력이

탁월한 강도와 찬란함을 지닌 다이아몬드를 창조한대요.

애벌레는 힘겹게 껍데기를 깨고 나오면서

비로소 나비로서 날갯짓할 수 있는 능력을 얻는대요.

우리는 모두
반짝반짝 빛날 다이아몬드고
아름답게 날아오를 나비에요.

흔히 쓰이던 까만색 석탄이
눈에 잘 띄지도 않는 애벌레가
제 때를 만나려면
인내와 기다림이 필요해요.

고통을 껴안아 품을 수 있을 만큼
먼 훗날 웃으며 돌아볼 수 있을 만큼
그만큼만 부디 힘내세요.

알고 보면
같은 마음인데

다 큰 아들하고 크게 싸우고 났더니 잠이 안 오네요.
마음 좀 추스르려고 들어왔습니다.
본인 생각해서 하는 말인데…
왜 이렇게 삐딱선을 타는지…
자식 키우는 일이 어렵네요.

♩박＊＊ 님

어린 아들일 때도 듣지 않던 말
다 큰 아들은 더 하겠죠.

알고 보면 다 같은 마음인데
자식이든, 부모든, 부부지간이든, 애인 사이든
다 마찬가지인데

서로가 서로를 생각해서 하는 말인데
걱정이 잔소리로 표현되고
잔소리가 입씨름이 되고 싸움이 커져
결국에는 모두 다치고 지치죠.

나를 걱정해서 하는 말이라는 기꺼움보다는
한두 마디의 뾰족한 말이 걸리고 차여서
말을 하는 사람도, 말을 듣는 사람도
말을 받고 또 되받아치는 사람도
상처받고 속상해하는 경우가 참 많아요.

누군가 나의 진심을 알아주기까지는
참으로 오랜 시간이 필요한 듯해요.
가까운 사이라면 더더욱.

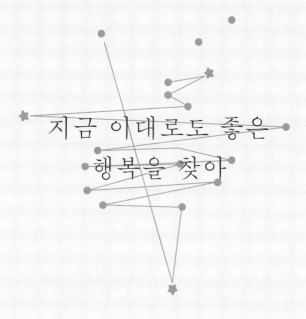

지금 이대로도 좋은
행복을 찾아

행 복 을
선 택 하 다

☆

친한 친구가 결혼을 해요.

고생 많이 했는데 결혼해서는 큰 걱정 없이

행복하게 잘 살았으면 좋겠어요.

♪ 17** 님

부모님과의 삶은 따지고 보면 얼마 되지 않습니다.

길어봤자 30년?

요즘은 결혼이 늦어

넉넉하게 35년으로 쳐도

그 이후의 삶은 배우자와 함께하거나

아니면 혼자 살더라도

친한 사람들과 긴밀한 관계를 맺으면서 살아갑니다.

결혼을 선택했다면
결혼생활이 행복지수에 미치는 영향은 거의 절대적이겠죠.

그동안 마음고생 많았으니 좋은 동반자를 만나
행복하게 지낼 일만 남았네요.

설령 어릴 때 아주 불우한 환경에서
부모님의 사랑을 제대로 받지 못하고 자란 사람일지라도

좋은 배우자를 만난다면
정말 믿고 사랑할 수 있는 경험을 했다면
그리고 진실한 사랑을 한 번이라도 받았다면
좋은 엄마가 될 확률이 아주 높았답니다.

고아원에서 자란 여성 91명을 대상으로 한
조지 베일런트 교수의 20여 년에 걸친 실험 결과였어요.

어렸을 때의 가정환경을 우리가 선택할 수는 없지만
커서 우리는 우리의 행복을 찾아나설 수 있습니다.
얼마든지.

《나는 내가 행복했으면 좋겠어》라는 책을 보면

행복의 50퍼센트는 유전적으로 타고나고

10퍼센트는 현재 상황에 따라 유동적이며

나머지 40퍼센트는 자신의 힘으로 바꿀 수 있는

나의 몫이래요.

앞으로의 결혼생활

자신 있게 '행복'을 선택하세요.

느리지만
부단하게

방대한 양의 작품 활동을 하는 화가에게 누군가 물었대요.
어떻게 하면 이렇게 많은 양의 작품을 할 수 있냐고.
그 화가는 부처님 같은 온화한 미소를 지으며
특유의 거북이 기어가는 목소리로 느릿느릿 대답했어요.

"… 빨 리 그 리 면 되 지 요."

토끼와 거북이 이야기가 생각나는 대목이죠?
천 리 길도 한 걸음부터라는데
느림보 거북이도 느릿느릿 쉬지 않고 기어서
게으른 토끼를 앞선 것처럼
자신만의 속도로 부단히 간다면
어느새 티끌 모아 태산을 만들 수 있겠죠?

저는 매일 오전 회사 주변을 산책한 지 석 달이 넘었어요.
'원 데이 원 만 보'라는 슬로건 아래
만보기 앱 장착한 스마트폰을 앞뒤로 열심히 흔들며
아침부터 헤매고 다녀요.

새소리 듣고 흙 밟으면
어느새 하루 목표를 달성하는데
일 보의 디딤발이 없었다면
아마 만 보의 결실도 없었을 거예요.

오늘도 여러분과 작별인사하고 나서는
숨쉬기 편한 일회용 마스크 쓰고
키 높이 운동화를 런닝화로 갈아 신을 거예요.

단, 주말과 우천 시에는 쉰답니다.

훔친 가을 하늘이
더 맛있다

☆

가을 향기가 물씬 나는 분위기 좋은 날인데…

아들 둘 키우느라 정신없어서

이 분위기 좋은 가을을 제대로 만끽하지 못하네요.

♪ 한** 님

가을이 참 예뻐서 아쉬움이 클 수는 있는데요.

그 와중에 아주 조금 짬 내서

1초, 2초 바라보는 가을 하늘이 더 짜릿하거든요.

고등학교 3학년 때 우리가 눈치 보면서

마구마구 압박감과 중압감을 느끼면서 놀 때의

그 쪼이는 맛, 기억하시죠?

'훔친 사과가 더 맛있다'라는

이 상황에는 어울리지 않는 말도 살짝 떠오르네요.

정신없이 바쁜 가운데 틈틈이 느꼈던 감흥들이
나중에 더 크게 남을 듯합니다.

시간이 넉넉한 가운데 여유롭게 즐기는 가을과
성에 차지 않고 모자라 감질난다고 아쉬워하는 가을.

후자가 더 강렬할 수 있다는 거.
간절함만큼 오래 새길 수 있다는 거.

위로가 될까요?

낯 설 지 만
새 로 운 천 국

직장을 옮기는 바람에 50년을 살아온 서울을 벗어나
인천이라는 타 지역으로 이사를 갑니다.
새로운 직장, 새로운 환경 속에서 생활하게 되는데
절 믿고 따라준 아내, 그리고 세 살배기 아들
너무나 고맙고 사랑한다고 말하고 싶어요~
유독 웃는 얼굴이 이쁜 아내를 위해
김성호의 〈웃는 여잔 다 이뻐〉 신청해요.

♪ 99** 님

남편과 아이들 그리고 반려견이 곁에 있고
멋진 영화 한 편과 맛난 음식이 준비되어 있는 곳
그곳이 바로 천국이에요.

세계적인 배우 오드리 헵번이 한 말인데요.

전 세계 팬들의 사랑을 한 몸에 받으며
누구보다 화려한 삶을 살 것 같은
영화배우의 대답치고는 참 소박하죠?

드넓은 집 차고에서 슈퍼카에 시동을 거는 순간도
수상소감을 전하며 기립박수를 받는 순간도
화려한 조명에 플래시 세례를 받는 순간도 아니었으니 말이에요.

가족과 즐겁게 저녁 식사를 하고
보고 싶었던 만화영화 틀어놓고
거실에 옹기종기 둘러앉아 보다가 스르르 잠들기.

행복은 멀리 있지 않다더니
사랑하는 가족과 일상을 함께하는
그곳이 바로 천국이었네요.

새로운 직장, 새로운 환경
낯설지만 새로운 천국에서
지금처럼 행복하게 지내세요.

어떤 색을
좋아하세요

저는 신비로운 보라색을 참 좋아해요.
어떤 이는 왕족의 색이라고도
또 어떤 이는 그렇기에 외로운 색이라고도
심지어는 4차원의 성향을 지닌 사람들만
좋아하는 색이라고도 하더라고요.

그런데 어렸을 때는 노오란 개나리색을 참 좋아했어요.
24가지 색깔의 크레파스 중에
유독 노란색 닳는 것이 아까워
일부러 쓰지 않고 아껴두기도 했죠.

책을 고를 때도 그때의 기억이 남아서인지
샛노란 표지를 발견하면
반색하며 집어 들게 되더라고요.

책표지가 예뻐 선택한 책들은
예상대로 밝고 희망찬 내용이 많았고요.
대부분 이해하기 어렵지 않아서
스낵처럼 가볍게 즐길 수 있는 것들이었죠.

하지만 단숨에 읽어 내려갔다고
그 깨달음의 깊이가 결코 얕은 것이 아님을
깨닫게 해주는 책도 있었어요.
《폰더 씨의 위대한 하루》를 지은
앤디 앤드루스의 《수영장의 바닥》이 그랬어요.

어렸을 때 친구들과 물속에서 하던
돌핀게임을 통해 박차고 나오는 힘
기존의 통념과 방식, 판에 박힌 틀을 벗어나는 힘
새로운 시도와 발상의 전환을 쉽고 명쾌하게 알려준 거예요.

사람을 겉모습으로만 판단하지 않듯
이제부터는 책도 표지로만 섣불리 단정 짓지 말아야겠어요.

오늘은 하늘하늘 레몬색 원피스 차려입고
주변 공원을 걷고 싶어지네요, 사뿐사뿐.

일 상 과
여 행 의 차 이

늘 지나가던 두류공원에

외국인 관광객들이 제법 보이더라고요.

누군가에겐 익숙하고 흔한 풍경들이

또 다른 어떤 이들에겐 평생 몇 번 볼 수 없는

소중한 추억이 될 수 있다는 생각을 하니 참 신기했어요.

♪ 박*희 님

〈어서와~ 한국은 처음이지?〉라는 프로그램에 출연한

외국인 관광객들이 한국에 와서

신기한 풍경을 찰칵찰칵 찍는 장면을 봤는데

어느 동네에서는 쓰레기통 앞에서도 포즈를 취하더라고요.

남에게는 익숙하고 흔한 풍경이

나에게는 새로웠던 기억.

저도 사진 찍어가고 싶은

기발한 쓰레기통이 있었어요.

김포공항에 있던 여행가방 모양의 빨간 쓰레기통들이

어찌나 깜찍하고 예쁜지 휴지를 버리기가 미안할 정도였어요.

하지만 국내선을 자주 이용하는 분들

김포공항에서 근무하는 분들에게는

빨간 여행가방 휴지통이 심드렁하듯,

지중해 근처에 살고 있는 사람들에게도

맑고 푸른 바다 빛이 익숙하고 흔한 풍경이겠죠?

누구에게는 평범한 일상의 배경화면이지만

또 다른 누구에게는 낯선 관광지가 되고

추억으로 남기고 싶은 곳이 된다는 거.

거꾸로 보면, 뒤집어 보면, 조금만 다르게 보면

일상의 부분과 조각들이 여행자들 덕에

새삼스럽고 새로운 경험으로 다가온다는 거.

안다고 생각해서 무심했던 주변이 여행지가 되는 작은 기적.

우리 동네 관광객이 돼서 동네투어 나서볼까요?

숨바꼭질 술래가 되어 골목여행 떠나볼까요?

첫 느낌이
이끄는 대로

물감을 찍어 연필스케치 위로 쓱쓱 칠하던
경쾌한 첫 느낌이 좋아
책을 쓰고 삽화도 직접 그리는 어느 화가.

빙판을 가를 때
휘날리는 머리카락 사이로 이는 상쾌한 바람이 잊히지 않아
스케이팅을 시작하게 되었다는
우리나라 최고의 남자 피겨스케이터.

"너는 이 다음에 훌륭한 작가가 될 거야."
그의 의외로 멋들어진 시낭송을 듣고 난
담임 선생님의 격려 덕에
용기를 내서 소설을 쓰게 된 문제아
《좁은 문》의 앙드레 지드.

처음 경험했을 때 느꼈던 설명할 수 없는 좋은 기분이
새로운 자신을 발견하는 계기가 되었어요.

하지 않으면 안 될 것 같은 기분 좋은 예감으로 이어져
누구에게는 결실이 되고, 누구에게는 운명이 되고
누구에게는 삶의 전부가 되었어요.

첫눈에 반한 일이 있나요?
첫 느낌이 잊히지 않는 일이 있나요?
더 잘하고 싶어 욕심이 나고
밤을 새워도 시간 가는 줄 모르고
누가 뜯어말려도 내 속에서
그저 하고 싶다고 아우성치는 일이 있나요?

그게 우리의 꿈이에요.
그게 우리의 열정일 거예요.
그게 우리가 가야 할 길이에요.

나에게로 오는
그날을 기다릴게

늘 듣기만 하다 처음 글 띄웁니다.

저는 결혼 7년 차인 주부인데요.

아직 아이가 없어서 걱정이 많아요.

♪ 서*연 님

파리 중심가 명품거리에 당당히 입성한

임부복 전문매장 이름이 뭔지 아세요?

두 사람이 만나 셋이 되었다는 의미의

'1+1=3'이에요.

부부가 원치 않는 경우를 제외한다면

아이는 서로 사랑하는 두 사람이 만나 이루는

최고의 결실이자 시너지라고 할 수 있죠.

요즘은 결혼을 서두르지 않기 때문에
예전보다 아이가 늦어지는 경우가 많아요.
염려스럽겠지만 오히려 장점이 될 수도 있어요.

기다렸던 아이이기에
그만큼 계획성 있게 만날 수 있고
어느 정도 마음의 여유와
경제적인 여유까지 갖추고 난 뒤에 만나기에
그만큼의 소중함을 깨닫게 되고
존재 자체로 사랑스럽고 고마운 마음으로
아이를 대할 수 있어요.

앞으로 만나게 될 아가.
조금만 더 기다려주세요.
이왕이면 기쁘고 행복한 마음으로.

덧붙이는 말: 방송에서는 차마 이야기하지 못했는데
이다음에 아이가 대학엘 입학하면 저는 몇 달 뒤에
환갑을 맞게 됩니다. 조리원에서 가장 연장자였고
어딜 가나 저는 최고령 엄마랍니다.

서툴러서
미안해

8개월 아들이 열나서 보초 서고 있습니다.

너무 피곤하네요.

전 어렸을 때로 돌아가고 싶어요.

아무 생각 없이 마냥 뛰어놀던 시절이요.

♩ 곽*정 님

너를 만나기 전의 내 모습으로 다 돌려놓으라는

어느 가수의 노랫말이 떠오르네요.

하지만 그때 그 시절로 다시 돌아가기는 힘들죠.

돌아간다고 해도

지금의 기억을 갖고 돌아간다면

그때 그 모습으로는 아닐 것 같아요.

너무 피곤하고 걱정도 되고 힘드시죠?

아플 때마다 조바심 내면서 밤샘 간호를 하고.

아이들은 잘 아프기도 하고 잘 낫기도 하잖아요.

아프면서 큰다고 하는데

우리도 이렇게 많이 아프면서 자랐을 거예요.

아프면서 면역력이 생긴다고도 해요.

돌까지는 엄마 젖을 먹으면서 모유에서 나오는

면역성분으로 잘 버티다가

어느 순간 이유식을 먹게 되면서 많이 아프다고 합니다.

앞으로도 아이는 자라면서 때때로 아플 거예요.

덜컥 엄마가 됐는데

서툴러서 미안하고

아픈데 아무것도 해줄 수 없어

더 미안하고

아픈 아이 옆에 두고 힘든 내 몸이 생각나서

더 더 미안하고

불쑥 아무것도 몰랐던 시절로 되돌아가고 싶어질 때마다

더 더 더 미안하고.

그때마다 힘들겠지만
힘을 냈으면 좋겠습니다.

그러라고 젖 먹던 힘이
내 배꼽 안쪽에 남아있나 봐요.

모든 사람에게
사랑받을 수 있다면

좋아하는 아이에게
결혼하고 싶다던 아이에게서
"나도 네가 좋아"라는 고백을 받았다고 자랑하던 아들.

"좋겠다. 이제 결혼하자고 해" 손뼉 치며 말했더니
"아, 아니 결혼까지는…
내가 더 멋진 남자가 되어야 해"라고 말하더라고요.

결혼을 생각할 정도로 좋아하지는 않는다는 말이 아니라
결혼하기 위해서는 더 멋진 남자가 되어야 한다는 말로 들렸어요.

엄마인 나는 이 틈을 놓치지 않고
그동안 부족했던 정리 정돈이며
하루에 두 페이지씩 하기로 한 숫자 세기를 독려했고요.

그런데 그날 저녁
유치원 선생님에게 들은 내용은 좀 달랐어요.
선생님과 주변 친구들까지 나서서
여자아이에게 호감을 표시했지만
막상 당사자의 반응은 시큰둥했더랍니다.

선생님은 제 아이가 집에서 어떻게 말했고
지금 기분은 어떨지 궁금해서 전화를 한 것이었고요.

평소 거짓말을 못하던 아이여서 의외다 싶기도 하고
전화를 끊고는 혹시 자존심 때문이었을까
추측해보기도 했답니다.

"네가 그 아이를 좋아하는 것이 네 마음이듯
그 아이가 너를 좋아하거나 좋아하지 않는 것도
그 아이의 마음이란다. 강요할 수는 없어.
좋아해주면 좋지만 좋아하지 않아도 할 수 없는 거지 뭐."

평소 즐겨듣던 법륜 스님의 말씀을 인용해 슬쩍 얘기했더니
아이도 무심한 듯 "맞아. 친구들 마음은 다 다른 거야" 하며
맞장구를 치더라고요.

그동안 장래희망이 '스타'라며

여자아이들이 선망하고

남자아이들이 부러워하는 스타가 되고 싶다고

"나 꽃미남이야?"라고 연신 물어보는 이유가 있었네요.

아들도 이제 살면서 깨닫게 되겠죠.

모든 사람에게 사랑받을 수 없다는 걸.

모든 사람에게 좋은 사람일 필요도 없다는 걸.

가능하지도 않고 가능할 수도 없다는 걸.

곱씹고, 되새기고,
그리워하고, 연연하기

☆

오랜만에 라디오 들으니

옛 생각이 진짜 많이 나네요.

추억 소환 제대로인데요?

과거에 연연하면 안 되는데…

갑자기 그 시절이 많이 그립네요.

♪ 김*람 님

과거에 연연하면 안 되는 건가요?

동창회 가서 옛날 이야기하는 거 진짜 재미있죠.

그때 그 시절 그 추억 속으로 풍덩 빠져서 꺼내는 지난 시절 이야기는

몇 번을 해도 몇십 번을 해도 질리지 않잖아요.

그리고 그때 감회에 다시 젖어 들게 됩니다.

과거에 한 번 연연해보자고요.
'과거는 바꿀 수 없다, 미래는 바꿀 수 있다
현재를 바꾸면 된다'라고 하면서
과거는 마치 돌처럼 굳어져 있는 것
다시 발굴해봤자 아무짝에도 쓸모없는
유물 취급을 받으니 섭섭하더라고요.

저에게는 고물이 아니라 보물인데.
가끔 흑백영화를 다시 보듯 돌려보면 안 되는 건가요?

애잔하고 잔잔한 느낌.
아껴두었다 가끔 조심조심 꺼내 입김 호호 불고
안경 닦는 천으로 닦아가며 골동품처럼 음미하기.

그러면 안 되는 일인가요?

과거로부터 교훈도 얻는다는데
후회와 자책이 두려워 덮어두지만 말고
곱씹고 되새기고 그리워하고 연연하면서
얼마든지 필름 돌려볼 수 있는 거잖아요.
그래도 되는 새벽이잖아요.

절대 양보할 수 없는
나만의 시간

☆

출근하고, 퇴근해서 아이 챙기고, 신랑 챙기고,

아이 재우고 나면 자정이 되어서야 한숨 돌려요.

그리고 바로 자야 하는데…

제게 주어진 조용한 이 시간이 아까워

책도 보고 라디오 듣다가 자요.

♪ 심*진 님

몸이 열 개라도 모자랄 텐데

자투리 시간을 책과 라디오로 유용하게 활용하시는군요.

저도 새해 결심 3종 세트, 운동, 독서, 외국어 중에

외국어 시도를 못 해서

출근시간 자동차 안에서 들으며 갈까 잠시 생각했어요.

그런데 겨우 출근시간 짬 내서

라디오 듣는 건데, 음악 듣는 건데

유일한 나만의 공간, 나만의 시간에서까지 열심히 살아야 되나?

이 시간만큼은 좋아하는 음악 들으면서 편안하게 보내면 안 될까?

이 시간만큼은 내어줄 수 없겠다 싶더라고요.

누가 뭐라 해도 절대로 양보할 수 없는 나만의 시간

꼭 있어야 해요.

우리 그 시간만큼은 잘 챙기자고요.

은근히 오래가는
온기처럼

지금 옆에 있는 동반자는

옛사람과 같은 사람인데

왜 설렘과 열정은 옛것이 아닌지.

진정 이젠 다시 올 수 없는 것인지.

그래도 지금까지 제 옆에 있다는 것이 고맙습니다.

♪ 43** 님

'앗, 옆에 있는 이 사람은 누구지?'

잠결에 뒤척이다 새삼 놀라 돌아보게 될 때가 있어요.

'첫눈에 반했던 그때 그 사람이 맞나?'

물끄러미 바라볼 때도 있습니다.

예전의 열정과 설렘이 지금까지 계속된다면

아마 우리는 살아남지 못할 거라는 우스갯소리도 있죠.

만날 때마다 볼 때마다 심장박동이 너무 빨라져서
심장이 터질지도 모른다고요.

옛사람에 대한 들뜸과 두근거림은
연인이 배우자가 되면서
말 그대로 지나간 추억이 되었지만
이제는 익숙함과 편안함, 정으로 버티고
측은지심으로 보듬는 것이겠죠.

《행복의 품격》에서는
누군가를 오랫동안 사랑하는 것이
행복한 삶을 위한 최고의 비결이래요.

얼마나 다행이에요.
마음에 힘을 주는 후원자를 만난 것이.

얼마나 든든해요.
내 삶의 마지막을 지켜줄 평생 친구를 만난 것이.

얼마나 애틋해요.
서로를 변함없이 소중히 여긴 것이.

사랑은 휘리릭 타올랐다 금방 꺼지는 것이 아니라

아궁이의 온기가 은근히 오래가는 것처럼

그렇게 가만가만 서로 옆에 있어 주는 것이니까요.

만두는 김으로도 익잖아요.

안 끓여도 익잖아요.

우리 그냥 불같이 피붓지 말고

그냥 천천히 따끈해요.

☆ 드라마 <동백꽃 필 무렵> 중에서

우울극복
프로젝트

울랄라세션, 아이유가 부른
〈애타는 마음〉 듣고 싶어요.
선선한 바람이 코끝을 자극하니 괜스레 멜랑꼴리하네요.
기분이 더 처지면 우울해질 것 같아서
요즘 댄스학원에서 배우는 노래 신청해봅니다.

♩ 50** 님

가을 극복 프로젝트 돌입하신 건가요?
저는 어려운 고난도 동작보다는
누구나 쉽게 따라 할 수 있는 동작이 좋더라고요.

20대 아이돌도 고개를 절레절레 가로젓는
아크로바틱 무브먼트는
언감생심 도전할 생각도 못 하고

원체 볼품없는 몸뚱이를 괜히 나이 탓으로 돌리게 되니까요.

저는 줌바댄스라는 신세계를 만나고부터
라틴댄스 곡 한 소절이 계속 머릿속에서 무한 반복 재생돼요.

발목을 접질렸을 때
그래서 더 좀이 쑤셨어요.
그래서 더 재활도 열심히 했나 봐요.

스트레스가 쌓일 때, 울적할 때
말로 푸는 사람이 있고 몸으로 푸는 사람이 있어요.
수다로 털어내면 공허해질 때가 많은데
그때 리듬에 몸을 맡기고 흔들어대는 거죠.

잘하고 못하고는 나중 문제.
과격한 몸부림으로
가라앉았던 기분 한 번 휘휘 저어주세요.
신선한 공기 마구 투입해주세요.

마음속에 쌓였던 응어리가 깨끗이 사라질 때까지.
정신이 맑아지고 몸이 한결 가벼워질 때까지.

얼죽아를
아세요

이렇게 추운 날에도 카페에서
아이스 아메리카노를 주문하는 후배에게
"안 춥니?"라고 물으니
후배가 "회사에 있으면 열불이 나서요"라고 하더라고요.
그 말을 듣고 오랜만에 엄청 웃었네요.

♪ 28** 님

차가운 겨울에
아이스 아메리카노를 들고 출근하는 작가에게 물었어요.

"졸려서 아이스 마시는 건가요?"

그랬더니 작가가 되묻는 거예요.

"혹시 '얼/죽/아'라고 아세요?"

"얼죽아요?"

"얼어 죽어도 아이스의 준말이에요."

<우리말 지킴이>라고 저랑 같이 매일

우리말의 바른 사용과 용례에 대해 알려주는

라디오 캠페인 하는 작가 입에서 나온 말이라 더 웃겼어요.

얼어 죽어도 아이스 아메리카노를 마셔야 하는 사람들은

내가 모르는 이런 사연이 있었구나 싶기도 했고요.

오죽하면 가슴에 천불이 나서

한겨울에도 얼어 죽을지언정

아이스 아메리카노를 들이켜야 했을까요?

가슴이 따뜻한 사람과 만나

뜨거운 커피를 나눠도 모자랄 판에 얼죽아라니…

요즘 말로 '웃프다'네요.

행복을
선택하다 2

행복해지고 싶다는 마음보다
행복해야겠다는 마음가짐이 더 중요합니다.
모든 것은 마음먹기에 달렸습니다. ♡

♪ 35** 님

모든 것은 마음먹기에 달렸습니다.
행복이 나에게 좀 다가와주기를
행복이 감처럼 언젠가 내 입속으로 떨어지기를
가만히 앉아 기다리기보다
이제부터 행복하기로 마음먹는 적극성.

"행복아! 거기 있어. 내가 데리러 간다."

"내 행복은 내가 선택해!"

행복이 반해 팬이 되겠네요.

가만히 있어도 알아서 쫓아오겠는걸요?

행복을 직접 픽업하러 가는 길.

멋지네요. 엄지 척.

북극성과
나침반

앞으로 나아가야 할 삶의 방향이 모호해지는
하루하루를 살아가고 있는 청춘입니다.

♩ 김*지 님

세상은 넓고 해야 할 일은 많죠?
무엇부터 해야 할지, 무엇을 얼마나 어떻게 해야 할지
마음만 급하고 갈피를 잡기 힘들어요.

《진작 이렇게 생각할 걸 그랬어》라는
대만의 한 작가가 쓴 책을 읽은 적이 있어요.
심리상담가인 그는 이렇게 이야기합니다.

내 삶의 방향을 정해줄 북극성을 따라가래요.
북극성은 단 하나의 지표가 되고, 목표가 되는 별이잖아요.

내 인생의 나침반이 너무 많으면

그 많은 나침반들이 제각각으로 방향을 향하기 때문에

어디로 가야 할지 몰라 길을 잃어버리거나 헤맨다고 해요.

어쩌면 갈팡질팡 단 한 발자국도 나아가지 못할 수도 있고요.

내 삶의 지향점, 북극성은 단 하나로

그 북극성을 가리킬 나침반도 하나만 정해서

부단히 가야 하기에 방향 설정이 먼저여야 하지 않을까요.

나만의 북극성과 나침반을 우선 만나세요.

솔직하지만
변덕스러운 마음

머리와 마음이 다를 때 어느 쪽을 선택하시나요?

저는 요즘 머리로는 진짜 아닌데…

마음이 가는 사람이 있어서 잠을 못 이뤄요.

일이 많아서 연애할 시간도 없는데

불쑥불쑥 연락 오는 그 사람한테

자꾸자꾸 신경이 쓰이네요.

♪ 72** 님

그 사람, 자꾸 연락을 해서 잠을 못 자게 하네요.

심란하게 말이에요.

이럴 때는 정공법이죠.

왜 자꾸 이러는지 물어보는 거예요.

"혹시 나 좋아해요?"

머리와 마음이 부딪힐 때
보통 마음을 따라가라고 하잖아요.
《인생이 바뀌는 하루 3줄 감사의 기적》에서도 이렇게 이야기해요.

머리에서 나오는 말과 마음에서 나오는 말은
심오한 차이가 있다는 것을 알게 됐다.
어조와 억양이 매우 닮았다.
그 둘은 서로 다른 세계에 존재하는 말이었다.
마음에서 나온 말이 훨씬 더 듣기 좋았다!

마음은 굉장히 솔직합니다.
그래서 마음을 따라가야 맞는데
가끔은 마음이 변덕을 부릴 때도 있다는 거 잊지 마세요.
나의 마음뿐 아니라 상대방의 마음도요.

마음과 마음의
연결고리

☆

서울에서 자취하는 직장인입니다.

코로나 때문에 두 달째 재택근무를 하고 있어요.

집에만 있으니 기타도 오랜만에 다시 치고 요리도 다시 하고

나름대로 재밌는 생활을 보냈는데요.

한 달 반쯤 되었을 때부터 답답함이 엄습하네요.

♩ 오*석 님

회사에서 구조조정을 시작해요.

코로나 시작되고 난 후부터 종종 이야기가 나왔었는데…

이제 정말 본격적으로 진행되려나 봅니다.

다들 요즘 예민하고 우울하고 그래요. 저 역시도요.

♩ *** 님

요즘 어느 정도 조금씩은 우울하고
조금씩은 힘들고, 조금씩은 불안해요.

코로나19로 올해 봄은 빼앗겼지만
여름만큼은 빼앗기지 않겠다는
어느 청취자분 사연에 결연함마저 느껴지더라고요.

우리가 코로나로 일상의 행복은 빼앗겼지만
삶의 의미마저 빼앗기면 안 되죠.

뭉치면 죽고, 흩어지면 산다는 우스갯소리에
허탈한 웃음을 짓게도 되지만
마음과 마음의 연결고리만큼은 꽉 조여 놓아야겠어요.
툭 끊어지지 않게 단단히 붙들어 매어놓아야겠어요.

텃밭에서 키운 상추를 나눠주신 이웃 할머니께
상추 넣은 골뱅이 비빔국수를 대접한 최*향 님처럼

구조조정 대상이 된 남편을 대신해
취업에 도전하기로 마음먹고
사회가 준비된 나를 알아봐줬으면 좋겠다고
나만 잘하면 될 것 같다고 말씀하시는 최*진 님처럼

적지 않은 나이에 동네 친구분들과 용기 내서
어르신들 돌보는 요양보호사 자격증을
함께 따낸 이*진 님처럼

마흔 넘어 배우기 시작한 이종격투기
어린 학생들 사이에서 쑥스럽지만
적응중이라고 응원의 말씀 부탁하신 99** 님처럼

이럴 때일수록 따스한 말과 다정한 눈길로
서로가 서로에게 조금의 온기가 되어주면 좋겠습니다.
서로가 서로에게 조금의 위안이 되어주면 좋겠습니다.
서로가 서로에게 조금의 격려가 되어주면 좋겠습니다.
서로가 서로에게 조금의 용기가 되어주면 좋겠습니다.

나에게 익어가는 시간을
가까이 내어주기

잠 못 이루는
그대에게

얼마 전 팟캐스트 〈법륜스님의 즉문즉설〉을 듣다가
잠이 안 와 고민이라는 11살 소녀의 하소연을 들었어요.

잠이 오지 않아 12시까지 버티다가 다음날 늦잠을 자면
학교 가기 싫고 부모님께 혼나기도 한다면서.
이러다 내 인생이 엉망이 되면 어쩌지 걱정을 하는데요.
수많은 청중 앞에서 떨리는 목소리지만
자기 이야기를 또박또박 말하는 모습이 어찌나 귀엽던지
웃음이 절로 나더라고요.

스님도 만면에 미소를 띠며 대답하셨어요.
그건 아무 문제가 되지 않는다고.
다만 너무 늦게 자면 제시간에 등교하기 힘드니
아이들이 다니는 병원에 가보라고요.

필요하다면 의사 선생님 진단하에
약을 일주일 정도 먹으며
"나는 아무 문제가 없습니다. 나는 편안합니다"라고
절을 하면서 되뇌면 좋을 거라고 하셨어요.
아이라 어른 음료 한 잔 먹고 잠을 청하라고 할 수는 없다고
농담을 건네시면서요.

알겠다고 대답하는 아이의 음색이
대번에 편안해짐을 느낄 수 있었답니다.

정말 그래요.
약간 피곤한 상태에서
내가 언제 잠들었는지도 모르게 곯아떨어지고
아침에 눈을 번쩍 떴을 때
잘잤다 소리가 절로 나는 그런 숙면을 해본 지가 언제인지
가물가물하신 분들 많으실 거예요.

잠자리에 드는 순간
하루 동안에 있었던 모든 문제와
아직 끝내지 못한 일을 완전히 잊어야 한다.
분명 어리석은 실수와 행동들이 생각날 테지만
가능한 한 빨리 잊고 내일은 새로운 날이므로

들뜨거나 터무니없는 생각에 사로잡히는 일 없이
내일을 차분하고 훌륭하게 시작해야 한다.

미국의 사상가 랠프 월도 에머슨의 명언이
이럴 때는 도움이 될 듯합니다.

《고수와의 대화, 생산성을 말하다》의 한근태 작가는
만약 20분 이상 뒤척여도 잠이 오지 않을 때
명상을 하거나, 일과 관련 없는
소설, 전기, 시집, 영성에 관한 책을 읽으면 좋다고 해요.
그중에서도 가장 확실한 책 수면 유도 방법은
가장 두껍고 어려운 책을 드는 것이랍니다.

하지만 너무 피곤해 두꺼운 책도, 영화도,
밀린 일을 처리할 기력도 없고
그냥 자버리고 싶은데
쓰라린 눈만 말똥말똥하다면
어떻게 해야 좋을까요?

먼저 잠들기 30분 전부터는
스마트폰을 사용하지 않는 게 바람직하겠죠.
이것저것 들여다보면 어느새 잠은

저만치 달아나니까요.

다만 스마트폰으로 음악을 들으면서
몸과 마음을 잠으로 유도하려면
라디오를 찾아주세요.

볼륨을 살짝 낮추고
눈을 감고 귀만 열어놓은 채
하루의 감사했던 일들을 떠올리며
편안한 자세를 취해주세요.

어른 음료는 처음에는 수면제 역할을 하지만
결국 술이 깨면 잠도 깨니 되도록 삼가시고요.

음악 소리, 라디오 식구들이 보내온 이야기에
귀를 기울이는 겁니다.
그렇게 서서히 꿈나라로 갈 채비를 하세요.

제가 동행할게요.

믿어보자,
다시 한 번 나를

너의 가치를 의심하는구나.

너 자신에게서 도망치면 안 돼.

☆ 영화 〈나니아 연대기〉 중에서

생각보다 많은 사람들이

좋은 기회 앞에서 멈칫하거나

도망치고 싶은 충동을 많이 느끼고

흔히 '포텐'이라고 하는

자신의 잠재력만큼을 보여주지 못한대요.

자기 자신을 믿지 못하기 때문에.

두려워하는 마음 때문에.

두려워해야 하는 것은 아무것도 없다.
이해해야 하는 것이 있을 뿐이다.
지금은 더 많이 이해해야 하는 때다.
그렇게 두려움을 없애야 한다.

19세기 당시 여성에게 가해지는 온갖 편견과 역경을 딛고
노벨상을 두 번이나 받은 최초의 여성과학자
마리 퀴리가 남긴 말이에요.

언제까지 칼만 갈고 있을 것인가?
칼이 바늘이 되기 전에
결정적인 한 방.
"나, 이런 사람이야!"
보여줘야 할 때는 보여주자는 다짐.

오빠만 믿지 말고
아빠만 믿지 말고
나 한 번 믿어보자고요.

우린 할 수 있어요.

박박 문지르고
탁탁 털어내면서

잠이 안 와 지금 막 빨래를 해서 건조대에 널었어요.

빨래를 하니 기분이 산뜻해짐을 느낍니다.

우리도 주어진 오늘 하루 빨래처럼

산뜻하게 보냈으면 좋겠어요.

아울러 진정한 자아의 성숙을 위해 노력하는

우리가 되었으면 해요.

♪ 66** 님

빨래가 돌아가는 시간에 듣고 계시는군요.

저는 꼬박 한 시간 반 걸리는 표준 코스보다는

조금 번거롭더라도 시간 절약을 위해

40분 정도 되는 울세탁 코스를 선택하고

끝나면 헹굼, 탈수를 마저 하는 편이에요.

가능한 빨래는 짧게 끝내는 게 좋을 것 같더라고요.

빨래를 자주 하면 옷감이 금방 상한다네요.
특히 속옷은 너무 오래 하면 보푸라기가 일더라고요.

그러고 보니 이 시간에
빨래나 청소, 정리 정돈이나 밀린 설거지하면서
라디오 듣는다는 분들이 많아요.

잠이 오지 않으니 세탁기를 돌리고
청소를 하거나 설거지를 하면서
라디오를 켜놓는 거겠죠.

찐득하게 붙어있는 피로와 고단함을
박박 문질러 없애고
충분히 헹궈 씻어내고
속 시원히 탁탁 털어내면서
뽀송뽀송해진 마음으로 함께해주세요.

한결 개운한 마음으로 잠들 수 있을 거예요.

평범한 일에
감사할 수 있다면

마쓰이에 마사시의 《여름은 오래 그곳에 남아》라는 소설에
이런 내용이 나온대요.

전통 화과자점은 10년을 하루같이
똑같은 것을 만드는 게 일이라고.

새로운 과자를 어쩌다 한 번 만들어도
새로운 맛에 잠깐 인기를 끌어도
결국 손님들은 늘 먹던 걸 찾더라는 이야기.

무한한 위험을 감수하는 새롭고 신선하면서도
독창적인 한끝에 목말라 하는 대신
한결같은 마음으로 같은 루틴을
잠깐의 흐트러짐 없이 꾸준히 이어가는 것.

매번 같은 맛의 화과자를 실수 없이 구워내고
자신과 남들의 기대에 어긋나지 않는 것.

너무 지루하다 싶을 만큼 평범한 일과는
어쩌면 내가 가장 감사하고 지켜내야 할
하루인지도 모르겠습니다.

나 는 평 생 모 를
신 세 계

핸들커버 코바느질 하고 있어요.
제 차에 장착할 날이 얼마 안 남았어요.
처음 해보는 거라 힘드네요.

♩ 박*숙 님

자동차 핸들 미끄러지지 말라고
코바느질 해서 동그랗게 잘 만들고
핸들을 감쌀 두께도 잘 계산해야 되는 거죠?

저는 예전에 가사 시간이 제일 힘들었어요.
바느질이 제일 어렵더라고요.
삐뚤빼뚤.

너무 어려워서 자로 대고 0.5mm씩

하나하나 연필로 그어 표시대로 바느질했더니

선생님이 기가 막힌다는 듯 제 천을 높이 들어

다른 친구들에게 보여주었던 기억이 납니다.

교실 안은 웃음바다가 되었고요.

자수나 코바느질, 뜨개질 잘하는 분들 보면 정말 부러워요.

요즘 말로 손재주 영재, 진정한 금손인 거죠.

저는 손재주 둔재에 진정한 곰손이고요.

내가 직접 핸드메이드로 만들어

집안을 꾸미고 차를 꾸미는 기분은 어떨까요?

하나의 취미를 가지면

또 하나의 세상을 만나는 거라는데

저는 평생 모를 신세계네요.

그냥 불안하니까
불안해서 불안한 것

풀벌레 소리가

가을이 깊어감을 느끼게 해주네요.

이런저런 생각에 잠이 안 와요.

미래에 대한 불안감…

벌써 9월이 가고 있는데…

♪ 이*정 님

미래에 대한 불안감.

저는 대학교 3학년 때가 최고조였어요.

뭐하고 먹고살지 걱정이 돼서

신문 하단의 구인란을 스크랩했던 기억이 나요.

게다가 미래는 지금보다 훨씬 더

급격하고 빠르게 변할 거라고 하는데

미래에 대한 불안감은 누구에게도 예외는 아닐 거예요.
'어쩌지…' 하는 불안감은 누구나 가지고 있는 것 같아요.

게다가 '벌써 9월이네, 올해도 얼마 남지 않았네' 하는
이런저런 생각들이 마구 뒤엉켜 잠 못 들게 하고
그러다 보니 새벽이고
풀벌레 소리도 들을 수 있었겠죠.

세상에 자신이 마음먹은 대로
꿈을 이루고 사는 사람은 아무도 없어.
꿈은 그것을 간직하고 있는 동안에만 행복한 거야.

꿈이 현실이 되고 나면
그것은 별 게 아니란 걸 깨닫게 되거든.
그러니까 꿈을 이루지 못하는 건 창피한 일이 아냐.
정말 창피한 건 더 이상 꿈을 꿀 수 없게 되는 거야.

천명관의 《나의 삼촌 브루스 리 2》에 나오는 내용이에요.

꿈이 없어 불안하고
꿈이 생기면 못 이룰까 봐 불안하고
여러 꿈 중에 최선의 선택을 못 할까 불안하고

꿈을 이룬 후에는 이제 어떤 꿈을 꿔야 하나 불안하고.

그냥 불안하니까 불안해서 불안한 걸 거예요.
괜한 불안감 따위 날려버렸으면 좋겠어요.

근거 없는 자신감에
대책 없는 낙관만 하게 될까
또 불안하지만.

인생은 속도가 아니라
방향이라는데

인생은 속도가 아니라 방향이라는 말.
이 멋진 말을 누가 했는지 아세요?

18세기에 태어난 독일의 위대한 작가
괴테가 한 말이래요.

쫓기듯 살아가는 현대인들에게 금과옥조 같은 이 명언이
지금보다 훨씬 삶의 속도가 천천히 흘렀을
수백 년 전에도 이미 통용되었다는 사실에
뿅망치로 얻어맞은 듯 잠시 충격에 휩싸였어요.

왜 그럴까 곰곰 생각해보니
시간의 빠르기와 상관없이
끊임없이 남과 비교하며 불행해하거나 우쭐해하는

인간의 질긴 본성 때문이 아닐까 싶더라고요.

상대적으로 아주 조금 앞서거나 뒤서거나
순간의 줄서기로 행복감과 자존감을 뒤흔드는
얕은 경망스러움 때문에

남들이 올린 맛집 사진에도, 여행 블로그에도
쉽게 작아지고 초라해졌던 건 아닌가 싶었어요.

조급증과 우울감.
정처 없이 부유하며 수많은 유혹과 자극에 흔들리는 우리에게
부드럽게 일침을 가한 간디의 말도
괴테의 것과 별반 다르지 않아요.

방향이 잘못되면 속도는 의미가 없다.

나만의 속도, 나만의 방향을 찾을 수 있게
나를 잠시 기다려주는 일.
나에게 익어가는 시간을 기꺼이 내어주는 일.
꼭 필요하겠죠?

그때의 고민과 열정이
자양분 되어

취업 준비하느라 바쁜 취준생입니다.

친구들은 자리 잡아서 나가고 저만 홀로 남았어요.

불안하고 초조하지만 마음 잘 잡고 준비해보렵니다.

저도 곧 좋은 소식이 오겠죠.

♩이*희 님

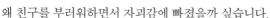

참, 긴 인생 두고 보면 아무것도 아닌데

왜 그때는 세상의 시간을 맞추지 못해서

그렇게 조급하고 쫓기는 심정이었을까요.

왜 친구를 부러워하면서 자괴감에 빠졌을까 싶습니다.

취업 준비 이전으로

시계를 거꾸로 돌려볼까요?

학창 시절.

문제 하나 틀리고 맞고에 울고 웃고는 했는데

지금은 무슨 과목에서 몇 점을 맞았는지

기억도 나지 않습니다.

그런데 그때만큼은 그게 중요하고 대단했어요.

저는 딱 한 번 공부하느라 밤을 새운 적이 있었어요.

여명이 밝아오고 나서야, 해가 떠오르고 나서야

'오, 내가 밤을 새웠네!' 하며 놀랐죠.

그때 시험성적은 전혀 기억나지 않는데

분명 전날 벼락치기였을 텐데

그때 내가 딱 한 번 밤을 새우면서까지

공부를 해봤다는 기억은 오래도록 남더라고요.

'내가 이렇게 늦게까지 시간 가는 줄도 모르고

공부를 했구나, 일을 했구나' 하며 느꼈던 왠지 모를 뿌듯함은

결과와 상관없이 아마 두고두고 남을 거예요.

그런 소중하고 절실했던 마음 덕분에

오늘의 우리가 여기까지 와 있는지도 모르겠습니다.

이직의 이유
퇴사의 이유

지금 일하는 곳이 저랑 잘 안 맞아서 이직 고민 중입니다.
부모님은 어딜 가나 똑같다고 다니라고 하는데
정말 다 똑같을까요?

♪ 4*** 님

저도 여기가 첫 직장이자 마지막 직장이지 않을까 싶어
다른 직장과 어떻게 다른지는 잘 모르겠지만
직장마다 독특한 분위기는 있는 듯해요.

학교마다 고유의 학풍이 있고
담임 선생님이 누가 되는지에 따라
반 분위기가 달라지는 것처럼.

회사도 비전과 모토에 따라
직속 상사가 누가 되는지에 따라서도
분위기가 달라지더라고요.

일하는 곳이 맞지 않아 이직을 고민 중이라면
내가 어떤 부분에 안 맞는지
그 안에서 해결할 수 있는 방법은 무엇인지
모색해보는 시간은 분명 필요해요.

아마 부모님께서 어딜 가나 다 똑같다고
그냥 다니라고 하는 이유도
섣불리 이직했다가 자칫 실망감만 커지거나
행여 원하는 직장을 구하지 못할까 걱정하셔서 그럴 거예요.

《어제보다 더 나답게 일하고 싶다》에서
읽었던 내용인데요.

만약 끝까지 가는 회식 분위기가
마음에 들지 않는다고 해서
다음에 회식을 안 하는 회사를 선택한다고
만족감이 커지는 건 아니래요.

우리가 원하는 건
우리가 원할 때 원하는 만큼의
여가를 즐길 수 있는 여유지
동료들과 일 끝나고 가볍게 나누는 대화의 시간까지
싫어하는 건 아니니까요.

내가 이 직장에서 진짜 원하는 것이
강압적인 회식 분위기에서 벗어나는 것인지
아니면 나만의 시간을 확보하는 것인지
정리해보는 게 필요하답니다.

퇴사의 이유가 '무언가를 피하기 위해서'는 가능해도
이직의 이유까지 '이것만 아니면 된다'여서는 안 된대요.

이직은 '무언가를 좇아서'라는
나만의 가치와 방향성을 가지고 해야 하는 것이기 때문이죠.

부모님 말씀대로
방향성 없는 이직이라면
어딜 가나 똑같을 테고 결국 그 결과는
소진되고 방전되는 것 같은
씁쓸한 느낌으로 반복되어 되돌아올 테니까요.

어딜 가나 자신과 마음이 맞는 사람이 20퍼센트
그저 그런 사람이 60퍼센트
마음이 맞지 않는 사람이 20퍼센트 정도래요.

어디에나 불편한 사람
마음이 맞지 않는 사람은 존재하기 마련이에요.

마음을 바꾸기 전에
내가 진짜 아쉬웠던 부분이 무엇인지 파악하고
그 안에서 유연성을 발휘하거나
개선할 점으로 어떤 것이 있는지
먼저 한 번 생각해보시기 바랍니다.

덧붙이는 말: 직장생활 24년 차인 저도 실은
이제 회사에 적응해 가요.

버티면
좋은 날이 오겠죠!

사는 게 힘들 땐 늦은 밤하늘을 봅니다.
지금까지 어떻게 살아왔는데
여기서 멈출 순 없다고
제 자신에게 한 번 더 최면을 걸어 다짐을 합니다.

☽ 35** 님

사는 게 힘들 때
고개 들어 하늘을 보시는군요.
요즘 해지기 전 붉은 노을이 참으로 아름답죠.

늦은 밤하늘에 고요히 빛나는 별이 영롱하고
새벽에 듣는 귀뚜라미 소리는 운치가 있습니다.

무심히 들리고 보이는 자연의 변화를 느끼며

'버티면 좋은 날이 오겠지' 하는
막연한 희망을 가질 수도 있고요.

사실 그 좋은 날이 영영 오지 않을 수도 있겠지만
그래도 여행 전날, 소풍 전날 마냥 설레는 아이처럼
막상 여행 당일 비가 오고, 소풍날 재미가 없더라도
'희망'이 있기에 우리는 살아갈 수 있습니다.

하기 싫은 일부터
하지 않으려는 다짐

제1영역. 하고 싶어서 하고 있는 일
제2영역. 하고 싶은데 하고 있지 않은 일
제3영역. 하기 싫은데 하고 있는 일
제4영역. 하기 싫어서 하고 있지 않은 일

《오늘부터 딱 1년, 이기적으로 살기로 했다》를 보면
4분의 4영역 행복감 퀴즈라는 게 있어요.
위의 네 가지 영역에 떠오르는 대로 답을 써보는 거예요.

일단 1영역과 4영역의 하고 싶어서 하고 있는 일과
하기 싫어서 하고 있지 않은 일은 제외합니다.
잘하고 있는 거니까요.

그리고 2영역, 하고 싶은데 하고 있지 않은 일과

3영역, 하기 싫은데 하고 있는 일이 무언가를 살펴보는 거예요.

만약 하고 싶은데 하고 있지 않은 일이 다이어트고
하기 싫은데 하고 있는 일이 남의 부탁 들어주기라면
하기 싫은데 마지못해 하고 있는 일부터
줄여가는 게 행복감을 높이는 길이래요.

하기 싫은 일을 억지로 하면
결과도 그리 좋지 않더라고요.
불편한 사람과 마지못해 식사하면
꼭 체하는 것처럼 말이죠.

우선은 하기 싫은 일부터 하지 않으려는 다짐.
굳게 마음먹어 보세요.

뭘 할지는 문제가 아냐,
뭘 안 하는지가 문제지.

♤ 영화 〈페리스의 해방〉 중에서

나는 과연
좋은 딸이었을까

엄마가 떠난 지 7년이 지났는데도
엄마가 떠난 겨울만 되면 항상 힘이 듭니다.
저는 엄마에게 좋은 딸이었을까요?
답을 알 수 없는 이 질문을 계속 붙잡고 있네요.

☽ 양*정 님

부모님들은 우리가 좋은 자식이기를
기대하고 원하지는 않았을 거예요.

탄생만으로, 존재만으로
예쁘게 커가는 모습만으로
건강하고 씩씩한, 밝은 웃음 보여드리는 것만으로도
살아계시는 동안 만족하고 또 행복해하시지 않았을까요.

저도 참 죄송한 부분이 많은데

이제는 잘못한 거, 못해드린 건

가급적 생각 안 하려고요.

미안해하는 대신

애통해하는 대신

두고두고 고마웠던 것만 생각하려고요.

내 안의
나만 알고 있는 답

거의 10년 가까이 된 이성 친구가 있습니다.

좋은 감정은 있지만 고백하고 혹여나 잘못될까

아직은 친구 사이로 지내고 있습니다.

무엇이 옳은 선택인지 잘 모르겠습니다.

나이가 드니 점점 겁만 많아지네요.

♩ 변** 님

이럴 때 넌지시 운을 떼보는 건 어떨까요?

10년 세월이면 그래도 서로를 알 만큼은 알고 있으니

충분히 눈치채지 않을까요?

어쩌면 이미 알고 있을지도 모르죠.

고백은 너무 어려워요.

생애 꼭 한 번 용기를 냈던 저의 고백이라는 게 고작

"내가 좋아했던 거 알아요?"라며 과거형으로 만족해야 했고
어쩌다 타이밍이 맞아 커플이 되기도 했지만
어디까지나 운이 좋은 덕이었으니까요.
님은 이러지도 저러지도 못하는 상황에 갈등하고 있는 듯해요.

이 새벽 시간에, 내 마음으로부터 들려오는
내 진짜 속내를 들어보세요.

이런저런 이유로 '어쩌지…' 하는 마음 때문에
장장 10여 년을 고민했는데
어쩌면 좋을지는 내 안의 내가 답을 알고 있을 거예요.

10년 동안의 속앓이
터져 나오기 전에 속에서 곯았겠어요.
낡아버리기 전에
진심을 색칠하고 덧칠해 한결같은 내 마음
사랑을 더하고 보태 진하게 짠하게 간절해진 내 마음

이제는 자연스럽게 나를 타고 흘러나올 때가 되었어요.
더 이상 억지로 막아서지 마세요.

내 삶의 좋은 재료가
되려면

무언가를 열심히 하는 습관을 들이면
그것은 분야를 떠나 통한다.

직장생활을 하면서도 나는 꼼꼼하게 일했고
그것이 영화습작에 도움이 되었다.

거래처에서 만난 모든 인물에서 영화 속 캐릭터를 빌려왔다.
내 습작은 전선 케이블 판매에서 시작되었다.

스릴러 영화의 거장, 앨프리드 히치콕의 이야기예요.
어릴 때부터 영화감독이 꿈이었지만
가족의 생계를 책임져야 했던 그는
낮에는 제조업 회사에 다니고

밤에는 영화공부를 하며 꿈을 키웠대요.
다양한 일로 경험을 많이 쌓고 싶어서
보수가 적거나 힘든 곳이라도 마다하지 않았대요.

힘들다고, 남들처럼 편한 길이 아니라고
자신이 처한 현실에 절망하고 낙심했다면
우리는 두고두고 회자될 명작을
결코 만날 수 없었겠죠?

고생이 경험이 되고
내 삶의 좋은 재료가 되는 것
나의 생각과 의지에 달렸어요.

한 숨 쉬 어 가 는
여 유

☆

요즘 같은 날, 돗자리 펴고 누워서

하늘만 보고 싶은데.

현실은…

♪ 황*희 님

벨기에의 초현실주의 화가 르네 마그리트.

유난히 하늘을 소재로 한 그림이 많은데요.

날아가는 새에 모자를 씌우거나

중절모에 레인코트 차림의 신사들이

하늘에서 비처럼 내려오는 그림은

기존의 통념을 완전히 뒤집은 것이었어요.

특히 바다 위 공중에 거대한 바위가 떠 있는 그림은
애니메이션 〈하울의 움직이는 성〉의 모티브가 되었고요.

하지만 아무리 상상력이 풍부한 초현실주의 화가라도
고개 들어 하늘을 바라보지 않았다면
천천히 흘러가는 구름을 가만가만 들여다보지 않았다면
이러한 상상을 할 수 있었을까요?
이러한 멋진 그림들을 그려낼 수 있었을까요?

그러니까 우리에게 필요한 건 바로?
한숨 쉬어가는 여유예요.

바쁜 일상, 쉽지 않겠지만
비집어 짬 내고 틈 내어
꼭 쉼표 간간이 찍으세요.

내 글도
글이 됩니다

회사 사보에 글 한 번 써서 내라는 제안을 받았는데
용기가 나지 않아 거절했어요.
제가 '뭔가를 잘해야지'란 마음을 먹으면 더 못해요.
부담감이 너무 심해서.
이럴 때는 안 하는 게 맞는 거죠?

☽ 이＊영 님

일단 거절은 했지만 글 한 번 써보세요.
《래리 킹, 대화의 법칙》에서 읽은 내용인데요.
글을 쓰는 것뿐만 아니라 말하는 것도 쉽지 않잖아요.

어떤 말을 꺼내야 할지
게다가 마이크 앞이면 더 어려운데.
이럴 때 래리 킹은 솔직하게 그냥 이야기를 시작한대요.

'라디오 방송이라 더 떨린다.

어떤 이야기로 시작해야 할지 모르겠다…'

먼저 말을 내뱉고 나면 그다음부터는

말이 술술 나온다고 하더라고요.

글도 이렇게 시작해보면 어떨까요?

'처음에 사보에 글 한 번 써서 내라는 제안을 받았는데

용기가 나지 않아 거절했다.

부담감이 너무 심해서 잘하려고 하면 더 못하는 것 같아서.

하지만 아직까지도 갈등이 되어 새벽 라디오에 사연을 보냈다.

그랬더니 디제이가 용기를 내라며 격려를 해주더라…'

이런 식으로 써 내려가다 보면

어느새 A4 용지 한 장이 넘어갈 거예요.

그런 글이야말로

기교를 부리거나 잘 쓰려고 애쓴 글이 아니라

진심을 담아 있는 그대로 담백하게 쓴 글이잖아요.

부담 없이 써놓고 저장해두었다가

나중에 혹시 또 글을 써낼 기회가 있다면

그 글을 약간 다듬고 수정해 내면 되거든요.

아직까지 고민이 된다면

내 안에 하고 싶은 열정이 꿈틀대고 있는 거예요.

잘하고 싶은 부담감은 덜어내고

일단 키보드를 두들겨보세요.

충분히 잘하실 거예요.

극복,
장롱면허

곱게 곱게 모셔둔 면허증을 꺼내 들었답니다.

이제 슬슬 운전을 해볼까 하고요.

점을 믿는 건 아닌데

40대 이후로 운전대를 잡으라고 해서요.

사실 20대 초반에 제법 큰 교통사고를 당했거든요.

그런데 다시 운전하려니 무섭기도 하고 생각처럼 쉽지가 않네요.

♪ 박*정 님

어떤 좋지 않은 일을 겪게 되면

그 일은 두고두고 트라우마로 남잖아요.

어렸을 때 물에 빠질 뻔한 기억을 갖고 있는 제가 아는 작가는

그게 가장 큰 두려움이자 극복해야 할 과제였어요.

힘들게 용기 내서 수영장을 다니며 강습을 받기 시작했고

아주 더디고 느리지만 서서히 물에 적응하고 있대요.

제 발목 깊이의 얕은 물도 두려워하던 우리 집 아이는
수영 강습받은 지 2년이 지나서야 물을 좋아하게 됐는데
아직도 얼굴을 물에 묻고 숨을 내뱉는 '음파'는 못해요.

누군가 40대 이전에는 운전대를 잡지 말라고 했다면
'40대 이후에는 괜찮지 않을까' 하는
자기 주문을 걸게 되잖아요.

조금씩 조금씩 가까운 거리로
차 많이 다니지 않는 곳으로
골목길 피해서 큰 도로부터 살살 다녀보세요.

저도 겁이 많아서 도로주행 시험 세 번째에 겨우 합격했고
도로연수는 1년이나 받았어요.
아직도 주차가 서툴러 출퇴근 외에는 대중교통을 이용한답니다.

'그 전에는 안 돼!'라는 말은
'그 후에는 괜찮아!'라는 말이잖아요.
잘 기다렸어요. 괜찮아질 때까지.

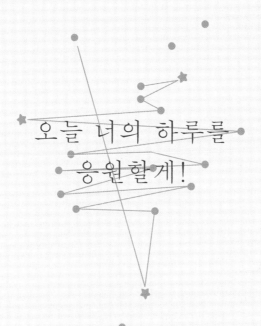

같은 듯
다른 시작

월 화 수 목 금 토 일

또다시

월 화 수 목 금 토 일…

뫼비우스의 띠처럼, 공장의 컨베이어 벨트처럼

한없이 돌아가는 수레바퀴처럼

그렇게 끝없이 끝없이

별다른 차이 없이 마냥 돌아가는 것만 같은데

그래도 새롭게 시작하는 월요일은

작은 매듭을 살짝 지어주는 것 같아요.

그래서 항상 월요일에는 새 마음을 느끼게 됩니다.

한 주의 시작.

한 달의 시작.

한 해의 시작.

시작은 의미를 부여하기에

다시 마음을 다잡을 수 있죠.

한 주의 시작 월요일은

여기서부터 다시 시작하면 된다고 알려주는

작은 매듭이에요.

생각 청소

요즘 들어 자주 깜박깜박하고
물건을 손에 들고는 그 물건을 찾아다니느라
힘을 빼고 있습니다.
아무한테도 말은 안 했지만 치매 올까 봐 겁이 납니다.
참고로 저는 올해 40대가 됐어요.
♩ 이*정 님

벌써부터 치매 걱정하시면 어째요.
100세 시대인데 60년은 더 살아야 되는데요.

회사 주차장 엘리베이터 타러 가는 길에
선배를 만났는데
리모컨을 들고 있더라고요.

세상에, 집 안에 있던 리모컨을 들고
그대로 출근했다길래
걱정스러운 얼굴로 제가 물었어요.

"휴대전화는 어디에 뒀어요?"

휴대전화와 리모컨은 서로 호환(?)이 되거든요.
다행히 휴대전화는 챙겼더라고요.
리모컨을 차 안에 두려고 주차장 가던 길에
저를 만난 거였어요.

우리는 사실 치매를 걱정하기보다
뇌 용량 초과를 걱정해야 할 듯해요.
비우고 정리해야 할 생각들을 잘만 버리면
굳이 치매 걱정 안 해도 될 거예요.

대신 집 안 청소하듯 생각 쓸고 닦고 휴지통에 버리기.
잊지 말고 자주자주 해주세요.

내일은 분명
오늘보다 나아질 거예요

이 시간까지 일하고 있어요.

오랜만에 라디오 들으면서 일하니

수험생 때 어둡고 조용했던

독서실 제 자리로 순간 이동한 것 같아요.

그때도 지금도 이 시간에 열심히 노력하고 있으니

내일은 오늘보다 더 나아지겠죠.

♪ 이＊진 님

직장인들이 한숨 쉬며 그러죠.

내가 고등학교 3학년 때 이렇게 했으면 뭔가 달라져 있을 텐데

이렇게 살고 있지는 않을 텐데.

그런데 이런 이야기도 빛이 바랠 것 같아요.

이제는 평생 공부하는 시대라고 하고

스마트폰, 컴퓨터도 금방 업그레이드되잖아요.

우리도 재교육, 재충전을 해야
허덕허덕 대면서도 겨우겨우 따라갈 수 있으니 말이에요.

그나마 조용하고 어두운 독서실에 틀어박혔던
인고의 세월이 있었기에
지금 이 자리에 있는 것이고

지금 이 시간도 열심히 일하고 계시기에
내일은 분명 오늘보다 더 나아질 겁니다.

매일 매일 0.1mm씩 자라고 있는 나.
여기까지 성장한 내 자리를 인정해주세요.
언젠가는 이만큼 커 있을 거예요.

기분 좋은 긴장감이
주는 편안함

현경 디제이의 목소리가 마음을 더 따뜻하게 만들어주네요.

요즘 어디로 가야 할지 어수선한 마음이었는데…

듣고 있으니 편안해지네요~ 감사합니다. ^^

♩ 배*정 님

어느 정신과 의사가 쓴 책에서 본 내용인데요.

가족 하면 떠오르는 단어는

편안함, 포근함, 따뜻함…

대개 사람들이 이런 단어를 연상하게 된대요.

비록 가족 간의 불화로 병원을 찾았더라도 말이죠.

어릴 적 엄마 품이 편안하고 포근하고 따뜻했던 건

엄마가 지속적으로 바라봐줬기 때문이 아닐까

굉장히 많이 신경 쓰고 걱정하면서 돌봤기 때문이 아닐까

새삼스럽게 느껴진다고 하더라고요.

만약 제 이야기를 들으면서 마음이 편안해졌다면
제가 여러분을 만날 때 긴장감까지는 아니더라도
살짝 기분 좋은 설렘을 품고 있기에 그런 게 아닐까 싶어요.

좋아하는 사람을 만나기 전
가슴이 먼저 느끼는 싫지 않은 두근거림.
들뜨는 어깨 가라앉히려고
큰 숨을 쉬면서도 입가가 절로 올라가는 기분.

내 마음을 알 것 같다고 이해한다고 속삭여주는
고된 하루를 살아내느라 딱딱하게 굳은 마음을
말랑말랑, 몰캉몰캉하게 녹이는 음악들을
더 많이 들려드리고 싶은 마음.

아기의 편안함은 엄마의 긴장감 덕분이듯
제 가벼운 심호흡이
〈뮤직토피아〉 식구들에게
안온한 하루 마무리의 작은 보탬이 되었으면 좋겠어요.

행복해서 웃는 게 아니라
웃다 보니 행복해지는

산너머 산…

언제부턴가 끝이 보이지 않네요.

희망이 있기는 한 건지…

좋은 날도 있기는 한 건지…

♩ 이*정 님

요즘 같은 때는 더더욱 희망을 발견하려고

애써야 할 것 같아요.

행복해서 웃는 게 아니라 웃다 보면 행복해지듯

감사할 일이 없어 보이지만

감사할 거리를 찾다 보면

감사할 거리가 생깁니다.

감사할 일이 많아서 감사한 상황으로 바뀔 듯해요.

오늘 하루도 아무 일 없이
무탈하게 건강하게 평범하게 보낼 수 있어서
얼마나 감사한지요.

오늘 하루도 별 일 없이
넘길 수 있고 살아낼 수 있어서
얼마나 감사한지요.

그러니까 억지로라도 희망의 끈,
희망의 소심한 조각이라도 꼭 붙드시기 바랍니다.
모쪼록 놓치지 마시고요.

소소한
하루하루의 도전

이것저것 도전하고 있습니다.

어제도 오늘도 내일도 매일 그날이 그날이면 삶에 의욕이 없잖아요?

소소하게 하루하루 도전거리를 만들어 도전하는 중입니다.

오늘은 뮤토 다 듣고 잠들기?^^

♪ 56** 님

우와, 멋져요. 잘하셨어요!

지하철을 탈 때는 안전선 안에 머물러야 하지만

낡은 습관을 탈피하려면 고착화된 틀을 벗어나야 해요.

그런데 대중교통 타려고 기다릴 때 보여줬던 적극성은 어디로 가고

작심삼일의 무한 반복

평생을 판에 박힌 일상에서 벗어나지 못할까요?

《왜 스미스 여사는 내 신경을 긁을까?》라는 책에서 보면
우리에게 익숙해진 '어려운 일'이
아직 몸에 배지 않은 '낯선 일'을 하는 것보다 더 쉽기 때문이래요.

신경은 피곤한 방식일지라도
이미 익숙해진 낡은 방식대로 작동하는 게
긴장 없이 작동하는
새로운 습관으로 변화하는 것보다 더 쉽다고 느낀대요.

그래서 '이대로는 안 돼!
새로운 나로 거듭나겠어!'라던 굳은 결심이
'어쩔 수 없어. 괜히 힘 빼지 말고 하던 대로 하자'로
결국 도돌이표를 그리고 말아요.

쑥과 마늘을 삼키며 인내해야 하는 한 달이 버거워서
'내가 그렇지 뭐. 사람은 살던 대로 살아야 해'라며 포기하면
무기력감만 더해지잖아요.

포기하고 싶을 때
한 걸음만 더 노란 선 밖으로 내디뎌 보는 거예요.
안전선이라고 생각했던 틀을 벗어나
한 발자국만 과감해지는 거예요.

안 입던 옷, 안 먹던 음식, 안 가본 주변…

입어보고, 먹어보고, 가보는

소소한 하루하루의 도전에

새로운 세상이 펼쳐질 거예요.

돼지 저금통은 무거워야 제맛,
돈은 써야 제맛

☆

친정 부모님이 주신 돼지 저금통 두 개 따서
동전 세느라 이 시간!
무거워서 기분 좋고, 언니 라디오 들어서 좋고♡

♪ 31** 님

평소 우리는 신용카드 한 장만 달랑 들고 다니고
그것도 귀찮아 휴대전화 안에 내장해서 다니잖아요.
갖다 대기만 하면 계산이 되니까.

돈이란 돈은 동전 한 푼 들고 다니지 않는데
아주 가끔은 마트에서 동전이 필요하더라고요.

백 원짜리 동전 하나 없어서 쩔쩔매고
나중에는 어디 방치되어 있는 카트 없나 헤매고 다녔던 기억이 나서 동전 하나의 소중함을 새삼 느꼈다니까요.

어떤 날은 동네에서 신호대기 하다가
모금함 들고 다가오는 분에게
"죄송합니다. 돈이 없어서요" 이랬어요.
카드도 받냐고 물어볼 수도 없고.

이래서 '돈은 조금씩 여유 있게
가지고 다녀야겠구나' 싶더라고요.

동전 세는 기분이 얼마나 짜릿했을까요?
이게 다 《보물섬》에 나오는 옛 금화였으면 어땠을까
상상도 하면서 말이죠.

티클 모아 태산이라고
그래도 동전 가득 모으면
그것도 몇십만 원은 족히 될걸요?

역시 돼지 저금통은 무거워야 제맛인가 봅니다.
아무리 시대가 변해도 동전은 여전히 필요해요.
여러모로.

큰 숨으로 날리는
스트레스

생각할 게 많아 신경을 좀 썼더니
머리가 너무 아파요.

☽ 67** 님

라디오 들으면서 오늘 받은 스트레스를
저만치 밀어냅니다.

☽ 99** 님

저는 신경을 많이 써서 머리가 아플 땐
한숨을 쉬어요.
아주 천천히.
지금 내 머릿속을 어지럽히는 근심과 걱정이
조금씩 조금씩 시나브로 빠져나가게.

풍선의 바람을 빼듯 입으로 조용히 내뱉어요.
볼록한 배가 등가죽에 붙는다 싶을 때까지요.

기도, 명상, 호흡…
배로부터 우러나오는 큰 숨
가슴을 들썩이는 한숨.

방법은 다양하지만 숨만 잘 쉬어도
스트레스를 날려버릴 수 있다는 거.

오늘 받은 스트레스는 오늘 밀어내 버리세요.

손 씻을 때 떨어내 버리고
양치할 때 헹궈버리고
세수할 때 흘려버리세요.

안녕, 스트레스.
그 길로 계속 가.
뒤돌아보지 말고 쭈~욱 가.

일상이 지루할 땐
나 공부

오늘 하루도 다른 날과 똑같이
지루하고 매일 반복되는 하루였어요.
언제쯤 활기찬 일상을 보낼 수 있을까요.

♪ 45** 님

다람쥐 쳇바퀴 돌듯 늘 똑같아서 하품 나는 일상.
피곤에 찌들어 마시는 음료도
습관처럼 울리는 배꼽시계를 달래는 음식도
딱 먹고 채우고 살아갈 정도만큼 만이다 싶게
그 커피에 그 밥이죠.

이럴 땐 공부를 시작해보면 어떨까요?
학창 시절, 벼락치기 지겹게 하던 억지공부가 아니라
나를 발견하는 공부.

매일 데리고 살아도 잘 몰랐던
나 자신을 알아가는 공부 말이에요.

무심히 지나쳤던 내 느낌
스치듯 흘려보냈던 내 감정을 붙들어보는 거예요.

내가 지금 이런 생각을 하는 이유는 뭘까.
요즘 나의 마음은 어떤 상태일까.
예전의 나는 어땠고 어떤 일로 인해 어떻게 변했을까.
여전히 변하지 않고 가지고 있는 건 무엇일까.
이렇게 내 안을 가만히 들여다보는 거죠.

방법은 여러 가지가 있을 거예요.
성격 테스트를 하거나
심리나 인문, 명리 서적을 뒤적일 수도 있어요.
믿을만한 지인들에게 나의 성향과 장단점을
기탄없이 적어달라는 메일을 보낼 수도 있고요.
무심코 찾아보는 동영상 강의에서
나를 만날 기회를 얻기도 하고요.

누구나 자신도 몰랐던 제 모습을 알게 돼서
새삼스러웠던 적 있잖아요.

그런 자각 이후의 나는 예전의 내가 아니라
다시 새로운 나로 재탄생하게 되거든요.

'나 공부' 시작해보면
매일매일 반복되던 지루한 하루가
조금은 달라질 거예요.

이제까지의 내가 아닌
몰랐던 나의 모습을 만나게 될 테니까요.

남 일 이 아 니 라
내 일 이 라 서 그 래 요

건축 일을 하는데 일이 많아 지금까지 일하고 있네요.

지치고 피곤해서 잠시 쉬었다 이어폰 끼고 방송 들으며

다시 열심히 일하고 있습니다.

♪ 76** 님

건축 일로 바쁘시군요.

건축 일 하시는 분의 강의를 들은 적이 있었는데

그분 강의가 유쾌하고 공감 가는 부분이 있어 소개해드릴게요.

건축가들은 어떤 선입견 때문에 힘들까요?

건축 일 한다고 하면 사람들은

건축가의 집은 뭔가 색다르고

천장이 높고 채광이 좋은

근사한 집에서 살 거라고 생각한대요.

그런데 그 당연한 생각 때문에 힘들다고 해요.
사실은 아파트 산다고.
그것도 아주 오래된.

사람들이 하도 사는 집에 대해 물어보기에
집을 직접 지을까 고심하다가
도저히 아이디어가 떠오르지 않아
동료 건축가에게 부탁했더니
그 건축가도 나한테 왜 이러시냐며 손사래를 치더랍니다.

개그맨들이 막상 집에서는 묵언수행을 하고
셰프들이 아내의 집밥 앞에서는 어느 남편으로 돌아가듯
다른 사람 집 지어주는 건축가도 자기 집은 어렵나 봐요.

저도 마이크, 카메라 앞에서는 일인데
오손도손 작은 발표는 떨리더라구요.

사과는 얼른 주고
덥석 받으세요

소통의 부족으로 약간의 오해가 있어서
기분이 다운되어 있어요.
신나는 노래 들으면서 털어버리고 싶네요.

♩ 17** 님

마흔 넘어 시작하게 된 연애.
서로 늦은 시기이기에 조심하고 또 배려하며 2년을 지내왔지만
정말 어처구니없을 정도의 이유로 오해가 생겨
각자의 시간을 가지고 있습니다.
빠른 시간에 오해가 풀렸으면 좋겠네요. 답답합니다.

♩ *** 님

여성들은 대부분 말하는 사람의 어조나
말할 때의 느낌, 분위기를 전반적으로 감안해서 듣고

남성들은 보통 팩트 위주로 듣는다는 차이점이 있대요.

그러다 보니 남녀 사이에 오해가 생기고
때로는 동성 간에도
말의 뉘앙스, 느낌, 억양 차이로 오해가 생겨요.

게다가 우리는 있는 그대로 듣지 않고
우리가 원하는 대로 걸러서 듣잖아요.
그러다 보니 소통이 불통되는 경우가 많더라고요.

보통은 사과할 것이 있으면
더 늦기 전에 사과하라고 하는데요.

약간의 오해가 있을 경우 사과할 건 먼저 하고
오해가 가라앉기를 차분히 기다리는 게 좋겠죠.

《언어의 온도》이기주 작가가
회사에서 한 선배와 말다툼이 있었대요.

서로 자존심이 있다 보니 누가 먼저 말을 걸거나
사과할 시기를 놓친 채 어색하게 지내고 있었는데요.
어느 날 선배가 쭈뼛쭈뼛 다가와

발개진 얼굴로 사과 하나를 건네고는
후다닥 사라졌답니다.

한참 동안 그 사과를 바라보고 있으니
빨간 사과와 선배의 벌건 얼굴이 겹쳐지더래요.
결국 그 사과를 아주 맛있게 우걱우걱 먹었답니다.

행여 마음이 쓰이거나
마음에 걸리는 것이 조금이라도 있다면
먼저 다가가 사과하세요.
잘 익은 사과를 건네세요.

누군가 사과를 안고 주변에서 서성인다면
주저 말고 두 팔 벌려 두 손으로 받으세요.
오해로 상기됐던 얼굴이 수줍은 홍조로 바뀌게.

겪어 봤지만
기억나지 않는 사춘기

딸아이와 지금 냉전 중입니다.

이럴 때마다 속이 타들어 가요.

대화가 잘 안 되니 답답하네요.

♪한*희 님

아무리 답답해도

마음을 절대로 들키지 마세요.

고고한 백조가 물속에서는 발버둥 쳐도

물 밖에서는 유유히 떠다니는 것처럼 보이듯

속은 타들어 가지만

겉으로는 우아하게 차 한 잔 하고 계세요.

아이들은 한 번에 변하지 않는대요.

한 번 속 깊은 대화를 나누었다고
한 번 단둘이 여행을 떠났다고
한 번 고대하던 외식에 푸짐한 용돈을 베풀었다고
아이들이 예전과 같아지기를 기대하면 안 된답니다.

제 친구는 학교 갔다 오는 아이에게
무조건 수고했다고 말한대요.
퉁명스러운 말투에 막무가내 태도가 거슬려도
무조건 이해하려고 애쓴대요.

엄마 탓을 하며 짜증과 분노를 토해내는 아이에게
무조건 등 토닥이며 미안하다고 말한대요.

《아이의 방문을 열기 전에》를 보면
사춘기 아이를 대하는 태도에 대해 이렇게 조언하고 있어요.

청소년의 마음은 쉽게 열리지 않는다.
노골적인 친절도 거부하고
조금만 무심하면 관심 없다고 원망한다.

지금까지 안 하던 방식을 갑자기 시도하면
아이는 오히려 방어적인 태도를 보인다.

그러니 안전한 거리를 유지하면서도
온정적인 마음을 느낄 수 있는 간접적인 방법이 효과적이다.
그래서 칭찬도 간접 칭찬이 더 효과적이다.

우리 모두 겪어봤지만 참…
쉽지 않네요.

엄마 껌딱지였던 아이가
이제 어른으로 자라나고 있어요.
얼마나 당황스럽고 얼마나 혼란스러울까요.

질풍노도 시기의 아이가
여기저기 부딪히고 깨지면서
잠시 쉬어갈 곳
언제든 편히 돌아갈 곳이 있다는 걸
은근하고 의연하게 알려주세요.

엄마의 자존감은
곧 아이의 자존감이라

예전엔 가끔 들었는데 한동안 아이들 재우며

함께 잠들어서 못 들었어요.

오늘은 첫째 아이 혼내고 미안하고 속상한 마음에

쉽게 잠 못 들고 있어요.

아이 셋 키우면서 친정도 멀고

친구도 없는 곳으로 시집와

누구 한 명 이야기할 사람도 없고,

여러 가지로 불편한 주택에 살면서

자존감이 낮아진 저를 보게 되네요.

♪ 45** 님

엄마가 지치고 힘들면 아이들은 본능적으로 바로 알죠.

모를 것 같아도 말이에요.

엄마의 자존감이 곧 아이의 자존감이라고 하잖아요.

우리가 이번에 큰일을 겪으면서

일상이 얼마나 소중한지

들숨 날숨 잘 들이쉬고 내쉬며 무탈하게 살아내는 게

얼마나 기특한지 알았듯이

아이 셋 키우면서

비록 도와줄 친정도 멀고

속내를 터놓을 친구도 주변에 없지만

그 힘든 출산을 세 번이나 해냈는데

뭐가 두렵고 무엇에 자신이 없겠습니까?

세 아이를 잘 키우고 계신데요.

전혀 자존감 낮다 여길 필요 없어요.

아이들을 위해서라도 처진 어깨 펴고

움츠러든 마음도 일으켜 세우기 바랄게요.

우리는 아이에게 온 세상이자 전부인 엄마잖아요.

나에게 최고를
선물한 하루

40대 마지막 생일을 자축했습니다.

아이들은 기숙사에 있고 신랑은 출장을 갔고

매년 돌아오는 생일이 뭐 그리 대수냐고 하지만

단 하루만이라도 내게 특별하고 의미 있게 보내고 싶어서

스테이크를 썰고 와인도 마셨어요.

연인과 가족과 함께하는 근사한 식당에서

처음엔 어색하고 주위 사람들의 눈치를 봤지만

곧 혼밥에 익숙해졌어요.

꽤 괜찮더라고요.

50이 되어도 열심히 잘 살자고 다짐했네요.

앞으로 한 번씩 해봐야겠어요.

♪ 김*신 님

멋지네요!

어느 해보다 멋진 생일 파티였어요.

어쩔 수 없는 혼밥이 아니라

당당하게 그리고 아주 맛있게

내가 나를 축하하며 앞으로의 삶도 다짐하는

멋진 파티이자 의식이었군요.

《이제 나부터 좋아하기로 했습니다》라는 책에

이런 내용이 있더라고요.

평소 라면이나 가락국수를 먹더라도

한 달에 한 번 정도는 멋진 옷 갖춰 입고

격식 차리면서 대접받는 식사를 하라고.

타인에 대한 허세가 아니라

자기 자신에 대한 허세를 부려보라고.

그러면 앞으로도

'이런 곳에서 식사를 해야지' 하는 결심을 하게 되고

나 자신이 더 근사하게 느껴질 수도 있어서

자존감도 높아진답니다.

자기 자신에 대한 자신감이 생기면
타인의 시선을 의식할 필요가 없어져
쭈뼛거리거나 두리번거리지 않고 당당해질 것이며
그런 행동으로 인해 자연스레 성격도
그러한 사람이 된답니다.

자기 자신이 되고 싶은 사람이 할만한 일을 해보는 연습은
오히려 성공 가능성을 높여준다는 거예요.

열심히 잘 살자고 다짐한 하루
나에게 최고를 선물한 하루
다가올 성공을 미리 경험한 하루
목표를 기품 있게 다짐한 하루.

멋진 나의 인생을 위해
우아하게 건배!

덕담의
지분

늘 부족한 것만 생각하고
가진 것에 대한 감사를 잊을 때가 있는데
좋은 이야기 늘 새기면서 반성하고 있어요.

♩ 김*옥 님

이 시간에는 가급적 좋은 이야기를 하게 돼요.
그렇다고 거짓말을 하는 건 아닌데
덕담을 하면 내 기분도 좋아지면서
그 복을 부분적으로는 돌려받는 느낌이 들더라고요.

어느 동화에서 착한 일을 한 소녀가
좋은 말을 할 때마다 예쁜 보석이 튀어나오듯
상대방에게 선한 말을 해주면 떡고물처럼
나에게도 좋은 일이 떨어질 것만 같아요.

어쩌면 덕담의 지분을 나도 약간은 갖고 있는 게 아닐까요?
그래서 남에게, 그리고 나에게도 좋은 이야기를 들려주면
그 복을 아주 일부는 돌려받게 말이죠.

덕담의 지분이 나에게도 있듯
악담의 지분도 피해갈 순 없겠죠?
나쁜 일을 한 소녀가 악한 말을 할 때마다
징그러운 벌레가 튀어나오는 것처럼.

그래서 상대방에게 아픈 말을 하면
도리어 내 가슴이 쓰린가 봐요.

가슴이 시키는 대로
열정이 이끄는 대로

제 친구가 노래에 맞춰 춤을 그렇게 추더니
에어로빅 강사가 됐어요.
이제 적성을 찾은 건가?
갑자기 친구 생각도 나고
겸사겸사 노래 듣고 싶어서 문자 보내요.

♩ 44** 님

친구는 몸이 시키는 일
시간 가는 줄 모르는 일
해도 해도 계속하고 싶은 일을 하다 보니 길을 찾았네요.

요즘은 잘하는 일보다
즐길 수 있는 일을 하라고 하던데
신나는 일이 취미가 되고 특기가 되고

꿈이 되고 직업이 되고 밥벌이가 되었어요.

꿈은 처음부터 최종 목적지를 알려주지 않잖아요.
가고 싶은 곳이 있더라도 내비게이션처럼
최단 거리를 속 시원히 일러주는 것도 아니고요.

그래서 가슴이 시키는 대로 열정이 이끄는 대로
있는 길을 따라가려 하지 말고
없던 길을 만들라고 하나 봐요.

사촌 형이 보던 그림책에서 공룡을 보고 사랑에 빠진 소년이
'증강현실 체험 공룡 책'을 만들어
베스트셀러 작가가 되었고

답답한 마음을 종이비행기에 실어 날리던 소년은
종이비행기 한국 국가대표이자
기네스북 타이틀리스트가 되었고

학창 시절 왕따로 게임 세계에서 위로를 받던 소녀는
지휘의 매력에 빠져 세계 최초로
게임 음악 오케스트라를 이끄는 여성 지휘자가 되었고

어렸을 때부터 친구들에게 연애 상담을 해주던 연애 박사는
연애 재능을 살려 국내 1호 연애 코치가 되었어요.

꿈은 '명사가 아니라 동사로 꾸라'고 하죠.
꿈은 되려고 하는 것이 아니라
하다 보니 되는 것이었네요.

지금도 어딘가에서 열정적인 음악에 맞춰 리듬을 타는
그 친구의 활기찬 미소가 떠오릅니다.
하나 둘, 하나 둘!

영화 〈언터처블: 1%의 우정〉에서
파티에 참석한 주인공이 신나게 춤추던 장면도 생각나고요.

이참에 어깻짓 한 번 같이 해볼까요?

Earth, Wind & Fire가 부릅니다.
〈Boogie Wonder Land〉!

부러우면 지지만
인정하면 같이 가는 거야

☆

너보다 잘난 사람 미워해봤자 너만 손해야.

그냥 인정해.

그리고 그 사람이 왜 성공했는지

어떻게 그 자리까지 올랐는지 천천히 알아봐.

그래야 너도 그렇게 될 수 있어.

☆ 영화 〈로스트 라이언즈〉 중에서

부러우면 지는 것이 아니라
부러워야 배울 수 있어요.

인정하면 자존심이 상하는 것이 아니라
인정하면 자존감이 상승해요.

배워야 성장하고

따라 해야 응용할 수 있잖아요.

본이 되는 사람이 되고 싶다면
모범이 되고 싶다면
나잇값 하는 사람이 되고 싶다면
꼰대보다는 진정한 어른이 되고 싶다면.

나보다 앞서간 사람들
더 높은 곳에 있는 사람들
벤치마킹 한 번 해보자고요.

복사, 붙여넣기 그리고
내 안에 부러워하던 사람의 모습을
발견하게 될 그날까지

Just do it!

한쪽 문이 닫히면
다른 쪽 문이 열린다

가슴이 답답하네요.

그나마 라디오 덕분에 마음에 여유가 생기는 것 같아요.

정말 간절히 원하면 바라고 바라던 게 이뤄질까요?

왜 저만 이렇게 하는 일마다 꼬이는 건지 잘 모르겠습니다.

그래도 여기서 무너지면 안 되겠죠.

사연 보내면서 마음 다잡아봅니다.

♪ 50** 님

하는 일마다 꼬일 때

돌부리에 걸려 넘어질 때

장애물이 자꾸만 나타날 때

어쩌면 쉬어가라는 징조일지 몰라요.

저도 그런 일이 몇 번 있어서

'쉬어가라는 의미인가,
내가 눈치를 못 채고 있는 게 아닐까' 하며
가만있으려니 좀이 쑤시더라고요.

그래서 다른 일에 열중하기 시작했습니다.
한쪽 문이 닫히면 다른 쪽 문이 열린다고 했던가요?
이게 아니면 저거라도 하다 보니
꾸역꾸역 길이 만들어지더라고요.

간절히 원하지만 먼 길처럼 느껴져 가슴이 답답할 때
비슷한 다른 길을 찾는 것도 방법인 듯싶어요.

가다 보면, 가다 보면
주변에 다른 길이 생기고
그러다 보면 결국 종착지에서 만나게 되지 않을까요?

함께할 수 있는 건
때문이고 덕분이에요

성공이란 뭘까요?

돈 많이 벌어 비싼 옷을 입고
좋은 집에서 고급 차를 타고 다니는 걸까요?

성공이 무엇인지를 우선 명확히 하는 것이 중요하고
그에 따라 내가 성공을 위해 갈 길과 방향이 정해진다는데

어떤 이는 성공을 자신이 원하는 일을 시간과 공간에 구애받지 않고
마음껏 할 수 있는 거라고 해요.

또 어떤 이는 개인적인 만족도 중요하지만
주변에 선한 영향력을 미칠 수 있는 것이
참된 사회적 성공이라고도 하고요.

매우 개인주의적 성향인 저는
영화 〈페임〉 속 대사가 마음에 들어요.

성공은 돈, 명예, 권력이 아니라
아침에 눈을 뜬 후 오늘 할 일에 설레며 집을 나서는 것이다.

제 삶의 중요한 부분이자
저를 존재할 수 있게 하는 큼직한 덩어리가
바로 〈이현경의 뮤직토피아〉예요.

그 안에 녹아있는 여러분의 이야기
고마운 마음들, 다정한 노래들이
저를 참 행복하게 만들어주거든요.

때문에 살고, 덕분에 살아간답니다.
여러분도 저의 마음과 닿아있기를 바라면서 말이죠.

여러분을 만날 생각에 설레며
새벽마다 서둘러 집을 나서는 현경 디제이.

벌써 부자가 된 듯 입가가 올라가네요.
이미 성공한 듯 가슴이 꽉 차오르네요.

늘, 우리, 함께, 같이

〈이현경의 뮤직토피아〉

함께한 두 시간 어떠셨나요?

오늘도 저는 어김없이 이야기 반, 웃음 반으로 흠뻑 채운 듯해요.

저, 가끔가다 깜짝깜짝 놀랄 때가 있어요.

저의 스쳐지나가듯 하는 이야기를 어찌나 귀 기울여

소중하고 세심하게 들어주시는지, 새삼스럽게요.

여러분이 보내주신 이야기에 제 웃음이 얼마만큼 묻어 있는지

여러분이 들려주신 이야기에 제 눈물이 얼마만큼 맺혀 있는지

광대가 또 얼마나 승천했는지

눈웃음은 또 얼마나 초승달이 되었는지

한 박자만큼의 한숨

반 박자만큼의 주저함

그리고 찰나의 호흡까지

예리하고 민감하게 알아채 주시는

〈뮤직토피아〉 가족 여러분, 사랑합니다.

언제까지나 지켜주고 싶은

조수경 작가, 전미용 작가도 사랑합니다.

우리 이대로 이렇게

늘 함께할 수 있게 해주세요.

〈이현경의 뮤직토피아〉

오늘도 고마웠어요.

내일 또 만나요.

디제이의 목소리에 도움을 준 책들

그 새벽 우리가 함께 나눈 이야기

050쪽   애니 페이슨 콜 지음, 《왜 스미스 여사는 내 신경을 긁을까?》, 원성완 옮김, 책읽는귀족, 93~97쪽, 2019

괜찮은 게 괜찮지 않아서

058쪽   문성후 지음, 《직장인의 바른 습관》, 이지퍼블리싱, 2019

059쪽   이임숙 지음, 《아이의 방문을 열기 전에》, 창비, 141쪽, 2019

070쪽   알렉산더 로이드, 벤 존슨 지음, 《힐링 코드》, 이문영 옮김, 시공사, 139~142쪽, 2013

085쪽   야마사키 히로미 지음, 《오늘도 불편한 사람과 일해야 하는 당신을 위한 책》, 이정환 옮김, 나무생각, 138쪽, 2018

091쪽   김승호 지음, 권아리 그림, 《알면서도 알지 못하는 것들》, 스노우폭스, 2017

097쪽   서준호 지음, 이올림 그림, 《그러니까 고개 들어》, 테크빌교육, 38쪽, 2019

104쪽   월 파이 지음, 《인생이 바뀌는 하루 3줄 감사의 기적》, 최은아 옮김, 포레스트북스, 217~218쪽, 2019

지금 이대로도 좋은 행복을 찾아

111쪽   고영건, 김진영 지음, 《행복의 품격》, 한국경제신문, 134쪽, 2019

111쪽   앨릭스 파머 지음, 《나는 내가 행복했으면 좋겠어》, 구세희 옮김, 포레스트북스, 2019

113쪽   박형진 지음, 《빅허그》, 더블엔, 242쪽, 2020

126쪽   유복렬 지음, 《프랑스 엄마의 힘》, 황소북스, 185쪽, 2019

140쪽   고영건, 김진영 지음, 《행복의 품격》, 한국경제신문, 117쪽, 2019

148쪽   양지아링 지음, 《진작 이렇게 생각할 걸 그랬어》, 정세경 옮김, 포레스트북스, 2019

151쪽   월 파이 지음, 《인생이 바뀌는 하루 3줄 감사의 기적》, 최은아 옮김, 포레스트북스, 50~51쪽, 2019

나에게 익어가는 시간을 기꺼이 내어주기

160쪽   한근태 지음, 《고수와의 대화, 생산성을 말하다》, 미래의창, 163쪽, 2019

162쪽   정주영 지음, 《하버드 상위 1퍼센트의 비밀》, 한국경제신문, 60-65쪽, 2018

166쪽   조안나 지음, 《슬픔은 쓸수록 작아진다》, 지금이책, 119쪽, 2020

172쪽   천명관 지음, 《나의 삼촌 브루스 리 2》, 예담, 2012

179쪽   박앤디 지음, 《어제보다 더 나답게 일하고 싶다》, 북클라우드, 46~47, 2019

181쪽   야마사키 히로미 지음, 《오늘도 불편한 사람과 일해야 하는 당신을 위한
         책》, 이정환 옮김, 나무생각, 12쪽, 2018

185쪽   샘 혼 지음, 《오늘부터 딱 1년, 이기적으로 살기로 했다》, 이상원 옮김, 비즈
         니스북스, 26~30쪽, 2020

197쪽   래리 킹 지음, 《래리 킹, 대화의 법칙》, 강서일 옮김, 청년정신, 2001

오늘 너의 하루를 응원할게!

211쪽   홍종우 지음, 《관계의 거리, 1미터》, 메이트북스, 2020

216쪽   애니 페이슨 콜 지음, 《왜 스미스 여사는 내 신경을 긁을까?》, 원성완 옮김,
         책읽는귀족, 119쪽, 2019

226쪽   건축가 이야기는 〈세상을 바꾸는 시간 15분〉의 건축가 임형남 씨 편을 참
         조했습니다. https://www.youtube.com/watch?v=d_YrDXPYVeg

229쪽   이기주 지음, 《언어의 온도》, 말글터, 51쪽, 2016

232쪽   이임숙 지음, 《아이의 방문을 열기 전에》, 창비, 251쪽, 2019

237쪽   엔도 슈사쿠 지음, 《이제 나부터 좋아하기로 했습니다》, 김영주 옮김, 북스
         토리, 2018

243쪽   김정진 지음, 《덕후의 탄생》, 덴스토리, 2019